倦怠期は犬も食わない

TSUKIKO YUE
夕映月子

CHOCOLAT BUNKO

ILLUSTRATION 日塔てい

CONTENTS

倦怠期は犬も食わない

「恋はいつか愛に変わる」というけれど、その「愛」の定義は何なのだろう。

耳と心にはやさしいが、とどのつまり、恋の情熱を保てなくなった人たちが、「なんとなく」「別れる理由がないから」一緒にいる理由を、「愛」という言葉に置き換えたがるだけじゃないだろうか。

男女だったらそれでもいい。彼らが「なんとなく」「別れる理由がないから」一緒にいるのは、「結婚」という名の契約だったり、子供の存在だったり、他にも理由付けができる。

だけど、男同士の俺たちは？　本当に、「なんとなく」「別れる理由がないから」一緒にいるだけだ。

それって、一緒にいる意味はあるのか？「なんとなく」「一緒にいる理由がないから」別れたっていいんじゃないのか？

「愛」って、いったい何だろう。

なぜ俺たちは一緒にいるんだろう。

今日も定位置から動かないマグカップを目に入れないようにしながら、藤島《ふじしま》は静かに食器棚の扉を閉める。

1

ピンポーンと、インターフォンが間延びした音を立てた。思わず壁の時計を見上げる。日曜、午後十一時二十一分。パソコンの隅に表示された時刻と同じだ。

藤島は小さく眉を寄せた。こんな時間に誰だ。思い当たるふしもない。だとしたら、面倒ごとか?

ちょっと悩んで放置していたら、再度ピンポンとインターフォンが鳴った。無視。ピンポンピンポンピンポン。連打され、眉間の皺が深くなる。何なんだ、こわいんだけど。

しばらく横目にインターフォンモニターを睨《にら》んでいたが、相手は諦めるようすがない。このまま放置していたら近所迷惑になってしまう。藤島はデスクワークのときだけかけている眼鏡をはずし、立ち上がった。

藤島の住まいは広めの1LDKだ。ベッドルームはベッドとハンガーラックでいっぱいなので、仕事用の机と本棚はリビングに置いてある。

玄関に向かう途中、キッチン脇の壁に取りつけられたインターフォンモニターをもう一度見やった。非常識な夜更けの訪問者は誰だ――と、思ったのだが。

「え」

藤島はつい足を止めてしまった。

薄暗く解像度の低い画像の中、それでも見間違えるわけがないファニーフェイスが、人好きのする笑顔を浮かべている。

髪型も色も、出ていったときとは別人のように見えるけれど。

「……一心《いっしん》？」

ピンポーンともう一回、インターフォンが長く鳴った。間違いない。鳴らしているのは彼だ。

粗い画像を見つめ、藤島はなんとも言えない気分になった。

「帰ってきたのか」

自分は、彼に帰ってきてほしかったんだろうか。なぜ帰ってこないのか、いいかげん帰ってこいと苛立《いらだ》つ一方で、いっそこのまま帰ってこなければいいのにという気持ちも、少なからずあった気がする。

なにも意地悪でそんなことを思っていたわけではない。ただ、彼が帰ってきたら否応なく始まってしまうであろう会話を想像し、憂鬱《ゆううつ》になっていただけだ。本音を言えば、その話をしたくなかった。けれども、帰ってきてしまったものはしかたがない。

ため息を一つ、インターフォンモニターのボタンを押し、「ちょっと待って」と言って切った。ようやくピンポンの連打が止まる。

玄関まで行き、呼吸を整えて、ドアを開けた。

「ただいま」

ツーブロックにアシンメトリーなウェーブをかけた、ハワイアンブルーの髪が揺れた。日焼けした浅黒い肌に見覚えのない髪の男は、相変わらず、にへらと締まりのない笑顔を浮かべている。モニターで見たときは見間違いかと思ったし、できればそうであってほしかったが、藤島のささやかな願いは、どうやら神様には聞き入れられなかったようだ。

「……どちら様で」

「亮《あきら》さんの愛しのダーリンですよ……って、おいおいおい、こらこらこらこら」

無言でドアを閉めようとしたら、隙間にガッと足を突っ込まれた。そのまま力任せにこじ開けられる。すらっと細くしなやかな体つきなのに、見た目に反したバカ力だ。インドアをきわめる高校教師の藤島に勝ち目などあるわけがない。さっさと負けを認めてドアノブを離した。

とはいえ、家に入るのを許したわけではない。両腕を組み、立ち塞がる。

「あー……亮さん、怒ってる?」

その瞬間、藤島の脳は小爆発を起こした。なんだこいつ。一ヶ月半、ろくに連絡も寄越さずに家を空け、なぜ怒っていないと思えるのか。

言いたいことは多々あったが、まずたずねるべきことは決まっていた。

「おまえ、うちの鍵はどうした？」

ぱんっと、両手を目の前で合わせせられた。

「ごめん。なくした」

だろうな。じゃなきゃ、自分で開けて入ってくるはずだ。鍵の交換代はいくらだろうかと考えながら、藤島は深々とため息をもらした。

「どこで？　いつ？　せめてそういうことだけでも連絡しろ。万一、拾われて使われたら危ないだろうが」

だが、相手——山崎《やまさき》一心は、まったく危機感のない顔で、「あー。その心配はないかな」と答えた。

「どこでなくしたか、心当たりがあるのか？」

「ガンジス」

「……なんだって？」

思わず聞き返す。

一心は、隣町の川でなくしたと話すときと同じ口調でくりかえした。

「ガンジス川。インドの。泳いだときに脱いだ服ごと置き引きに遭っちゃってさ」

「……」

もはや何から突っ込めばいいのか。

あのガンジスで泳いだのかとか、そもそもなんでインドにいたのかとか、一ヶ月半前に出ていったのは仕事のためで、そのときの目的地はオマーンだったはずだとか、そのとき一緒だった客はどうしたのかとか、だいたいどうやったら金もなしに一ヶ月半も放浪《ほうろう》できるのかとか、なんで連絡すらろくにしてこないんだとか……！

真剣に、何から言ったらいいのかわからなくなってしまい、藤島は沈黙した。

ため息をもう一つ。

切り替えよう。切り替えるべきだ。元々彼が帰ってきたら言うことは決まっていたじゃないか。

自分に言い聞かせ、日焼けした一心の顔を見上げた。

「わかった。鍵は餞別《せんべつ》にくれてやる。その代わり、この家から出ていってくれ」

「えっ」と、彼は目を丸くした。

「なんで？」

いや、逆になんでこの状況で、「出ていけ」と言われないと思っていた？

藤島は、何度目になるのかわからないため息をまたついた。

頭が痛い。

＊

藤島の父が倒れたのは、一心が仕事で家を出ていってから一月《ひとつき》がたった頃だった。ゴールデンウィークが終わり、一学期の中間テストまではまだ間がある。そんな、少々間延びした時期の放課後。勤務先の高校の職員室で連絡を受け、藤島はすぐに実家のある市に向かった。隣県。電車で一時間半。盆暮れ正月以外積極的に寄りつきたいとは思わない実家だが、父が倒れたと聞いてスルーするほど疎遠でもない。

藤島が病室に着いたとき、父は既に意識を回復していた。付き添っていた母から、命に別状はないらしいと聞き、ひとまず胸を撫で下ろす。ペットボトルのお茶を飲みながら、両親と三人、しばらく話しているうちに、弟も駆けつけてきた。藤島よりさらに遠方住まいなのにご苦労なことだ。四人部屋の狭いカーテンの中にぎゅうぎゅうに押し込まれ、ぼそぼそとひそめた声でしゃべった。ひさしぶりに家族というものを感じた気がした。

「それじゃ、あんまり長居してもあれだから帰るよ。顔を見たら安心した」

そう言って藤島が立ち上がると、弟と母も立ち上がった。

「母さん、泊まらないの？」と弟がたずねる。母は「病院から、付き添いはいらないって言われたわ」と、あっさり笑った。

「だけど、今は見送りだけね。お父さんが晩ごはんを食べるのを見届けて帰る」

そう言いながら、息子二人と一緒に病室を出る。白い廊下に、窓から差し込んだオレンジ色の夕日が、くっきりと長く伸びていた。

「お父さんも六十八だし、もうそろそろ完全退職したほうがいいのかもねぇ」

エレベーターを待ちながら、母が言った。

「今日も剣道部の指導に行ってたんだけど、学校の剣道場、冷房があんまり効かないらしいのよ。なのに、あの人ったら、『教え子への礼儀だ』とか言って、剣道着で行くもんだから……」

「ああ、そりゃね……」と、弟があきれ顔でうなずいた。藤島も経験があるからわかるが、剣道着は重量がある上に、中は蒸れる。この時期でも空調が効かなければ暑かろう。

父は六十三歳まで公立高校の校長を務めたのち、近所の私立高校に再任用され、常勤講師兼剣道部顧問として働いている。気持ちは若いし、体も年齢のわりには元気なほうだと思うのだが、寄る年波には勝てないのだろうか。

「せめて夏場だけでも、軽装で監督するだけにしといたら」

「それ、あんたから言ってよ。お母さんから言って聞く人じゃないわよ」

「なら、仕事辞めるなんてもっと無理じゃん」

「そうねぇ」

どうしたら聞き入れてくれるかしらね、と苦笑する。カラッとした母の気質のおかげで悲壮感はないが、両親も年を取ったと感じた。乗り込んだエレベーターの鏡に映る母は、藤島の肩くらいまでしか背がない。前はもう少し高かった気がする。父は元々頭の固い人ではあったが、ここ数年は意固地なほど融通《ゆうづう》が利かなくなっているように感じた。

藤島の心を読んだように母が言った。

「あんたたち、これからの人生設計、きちんとしときなさいよ。お母さんたちに関しては、老老介護して、残ったほうが老人ホームに入るつもりだから、介護の心配はしなくていいわ。けど、家を売ったお金も予算の内だから、遺産はないものだと思っといて」

ぎょっとした。エレベーターには三人しか乗っていないとはいえ、病院内でシビアな話だ。思わずまじまじと母の顔を見た。母もまじめな顔だった。

「何不安そうな顔してんのよ。わたしももう還暦《かんれき》過ぎたのよ？　お父さんもあの調子だし、二人ともいつ死んだっておかしくないわよ。あんたたちもアラフォーでしょ。そろそろ色々きちんとしなさい」

「あー、うん……」

適当に言葉を濁《にご》しながら、この場合の「きちんとする」とは何だろうと考える。

藤島も弟も、学校教員としてまじめに働いている。藤島は同性愛者であることを家族に打ち明けているし、弟は既婚者だ。ならば、「おまえたちも老後の計画を立てておけ」とか、そういう話か？

エレベーターが一階に着いた。「開」ボタンを押しながら、「一応、老後用に貯金はしてる」と答えたら、「そんなん、あたりまえでしょう」と、あきれかえった顔をされてしまった。

「いやねぇ。そんな心配までさせないで」

「はぁ。ごめん」

「じゃなくて、一緒に生きていってくれる人はいるのかとか、ライフプランはきちんと立てているのかとかいう話よ。とくに亮。あんた、今きちんとおつきあいしている人はいないの？　それとも、一生一人で生きていくつもり？」

「はぁ？」

ずけずけと聞かれた内容に反発をおぼえる。だが、母の目がわずかに緊張しているのに気づいたら、何も言えなくなってしまった。

両親にカムアウトしたとき、藤島は既に社会人だった。父から、「そろそろ身を固めたらどうだ」とか、「いい人はいないのか」とか、「うちの先生を紹介しようか」とか言われはじめ、これ以上は隠せないと思って打ち明けた。両親はまだまだ同性愛者に対して偏見の強い世代だ。絶縁されてもしかたがないと思っていた。

盆の帰省の最終日だった。大学生の弟は帰省すらしておらず、実家には三人きりだった。外は激しい蝉時雨《せみしぐれ》。リビングのテレビは高校野球の中継を流していた。父が好きで、春も夏も、シーズンになると付けっぱなしだ。期待のエースと、ホームラン打者の一騎打ち。

「俺、同性愛者なんだ。だから、法律が変わるまで結婚はできない。孫の顔も見せられない」

藤島の告白に、父は絶句していたが、母は冷静に聞いてくれた。少なくとも表面上は。

「もしかして知ってた？」と聞くと、「まあ、薄々は」と苦笑した。

「誰があなたを産んで育てたと思ってるの。嘘も隠しごとも気づいてるわよ。言わないだけで」

そんな母なので、この質問だって、デリカシーがなく感じられるが、考えた末の質問なのだろう――と、思う。思いたい。

病院のロビーを抜け、玄関から表に出た。タクシーは、たまたま一台も駐まっていなかった。地域の中核病院だ。たぶん、呼ばなくてもすぐに来る。

風に煽られた髪を掻《か》き上げ、「いるよ」と答えた。

「あら、本当」

母は驚いたような、残念なような、それでいてうれしそうな顔をした。

「何その反応」

「ええ？　だって、あなたたちって、その、なんて言うの？　まじめなおつきあいをする人って少ないとか聞いたから」

（「あなたたち」って同性愛者のことか？　どこで仕入れたんだ、その情報）

考えるのもおそろしいので、聞かないでおく。

「そういう人もいるし、俺みたいにお互い真剣じゃないと無理ってやつもいるよ。そんなん、男と女だって同じだろ」

「ああ、そう。そうね。そうなのね……」

母は虚を衝《つ》かれたように目を丸くし、それからこくこくと何度もうなずいた。

「どんな人？　どのくらいおつきあいしているの？」

「あー……」と、頭を掻く。正直、そこまで突っ込んで聞かれるとは想定していなかった。

弟はさっきから我関せずだ。兄の性的指向にいやな顔はしないが、この話題から助けてもくれない。母のおせっかいは、既婚者の彼も通ってきた道なのかもしれない。

ため息を一つ。

「六歳年下の旅行添乗員《てんじょういん》。もう十五年つきあってる」

藤島の答えに、母は「はぁ!?」と目を剥いた。

「十五年って、あんた」

二の句が継げなくなっている母の向こうで、弟もさすがに目を丸くしている。

「もしかして、わたしたちにカミングアウトしたときから……」

「つきあってた」

慌てて指折《ゆびお》り数えた母が、「まさか、相手の方が未成年のうちから……？」とうめくように言う。

「十八にはなってたよ。それに、猛アタックしてきたのはあっちだ」

「だからって、あんた、仮にも高校教師でしょうが」

「ああ、うちの高校の教え子じゃない」

「あったりまえです！」

ひさびさに怒鳴られた。まあ、これは想定内だ。

頭が痛いと言いたそうな母の顔を見ながら、そうか、十五年かと思った。人生の半分とは言わないが、長いつきあいだ。知り合ってから恋人になるまでの期間も合わせたら、それこそ人生の半分以上になる。

物思いに意識を取られていたら、母が低い声で言った。

「連れていらっしゃい」

「は？」

「そんなに長いこと、きちんとおつきあいしておいて、家族に紹介もしないなんて、相手の方に失礼でしょう。お父さんの体調がよくなったら、一度家に連れていらっしゃい」

「ええ……」

藤島は困惑した。言いたいことはわからないではないが、自分一人の話ではない。正直、ややこしいことになったと感じた。

「……考えとく」

「亮」と、母が返事を急かす。

「タクシー来たよ」

弟の声に助けられた。弟を先にして乗り込んだが、母はタクシーのドアから覗き込むようにしてくる。

「亮！」

「考えとくって。じゃあ、父さん、お大事に」

逃げるように言い、タクシーの運転手にドアを閉めてもらった。「駅まで」と告げて、
シートに沈む。帰り際にどっと疲れた。

「お疲れ様」と弟が言った。

「でも、安心した」

「何が？」

「兄ちゃんに、ちゃんとつきあってる人がいて」

「はぁ」

（まだ続くのか、この話題）

内心うんざりしていたら、弟がとんでもないことを言いだした。

「兄ちゃん、気づいてなかったみたいだから、言おうか迷ったんだけど。母さん、兄ちゃ

んにいい人がいなかったら、女の人を紹介しようと思ってたんだよ」

「はぁ⁉」

思わずシートから身を起こす。弟は気の毒そうな顔でこちらを見た。

「兄ちゃん、高校時代にカノジョがいたことがあったろ。すぐ別れたみたいだったけど」

「ああ……」

触れられたくない思い出だった。自分の性的指向に思い悩んでいた時期のことだ。ほんの数週間だけ、女の先輩とつきあってみたことがあった。自分がどうしても、絶対に、女は抱けないのか、確かめたくて。

「それもあって、無理だって言ってたんだけどな」

顔を覆《おお》った手の下から言う。弟は一段、声を落とした。

「ゲイとバイの違いがよくわかってないんだよ。あの人たちも、それなりに調べたり、考えたりはしてるんだろうけど」

「ああ」と、うなずく。両親がそういう世代だということも、四十年近く同性愛者として生きていれば、実感として知っていた。

「俺んとこに子供ができないってわかったから、なんとか孫の顔が見たいってなったのかもな」

さらっと言われ、うっかり聞き逃しそうになる。

顔を上げ、弟を見た。

「……そうなのか？」

弟はこちらを見なかった。

「男性不妊。俺のほうが種なしなんだ」

「……そうか」

（そういうこともあるのか）

単純に比較することではないが、最初から子供はもてないとわかっている自分より、男女で結婚して子供も望んでいたらしい弟のほうが諦めにくいだろうとは思う。

「寿々《すず》さんは、なんて？」

「二人でしあわせに生きていきましょうって」

「そうか。よかったな」

ほっとする。弟は、「ん」と口元だけで笑った。

「だから、父さんや母さんに孫の顔を見せてやれないって意味では、兄ちゃんも俺も一緒」

「……そうだな」

二人とも悪くない。だが、望んでしまう両親も悪人ではない。だからこそ、なんとも言えない罪悪感を抱くことになる。

「いきなり言われても困るんだろうけどさ。でも、十五年もつきあってるなら、相手の顔見せて、安心させてやってもいいんじゃない？　もちろん相手の人次第だけど」

「……ああ」

そうだな、と、うなずいた。藤島としても、せめてもの親孝行に、そうしてやりたい気持ちはある。

だが、問題が二つあった。

当面の、そして最大の問題は、藤島のパートナーがもう一ヶ月も家を空けたまま、所在不明だということ。

そして、もう一つの問題は、彼が「藤島亮のパートナー」というラベルを受け入れられるかだった。

藤島のパートナー、山崎一心は自由人だ。

一般的な日本人が、「自由人」と聞いて想像する人物像といえば、せいぜい「人目を気にしない」とか、「空気を読まない」とかだろう。だが、一心の自由ぶりはそういった人付き合いのレベルに留《とど》まらない。

定住しない。定職をもたない。放っておけば何ヶ月も世界中をうろついて帰ってこない。もちろん、そういう自分を周囲がどんな目で見ているかなどということは意識の端にも上らない。まさに「自由人ここに極まれり」だ。とくに枠にはまりたいわけでもないのに、気がつくとガッチリはまってしまっている藤島とは、真逆をいく人間である。

　そういう人種の違いが一目ではっきりわかったから、藤島は一心に出会った当初から、個人的には親しくなれないタイプだと悟っていた。藤島十九歳、一心十三歳の初夏のことである。

　当時中学一年生だった一心は、声変わりもまだの子供だった。頬から顎《あご》にかけてのラインは丸く、背丈は藤島の鼻先くらい。甘い顔立ちの中でもひときわ印象的な大きな垂れ目は、子供特有の万能感と好奇心にキラキラと輝いて、新しくやってきた家庭教師を注意深く観察していた。

　実は、一心は藤島の前に一人、家庭教師をクビにしていた。クビを切られたのは、大学の教育学サークルで知り合った藤島の先輩だ。他の子同様机に座らせ、四角四面《しかくしめん》に教科書の勉強をさせようとして、猛反発に遭ったという。

　その話を本人から聞いていたので、藤島はまず一心と彼の母親から、どんな勉強をしたいのか、させたいのか、ヒアリングすることから始めた。

　一心は、教える立場の人から、学びたいことや、そのやり方をたずねられるという体験が初めてらしく、最初、戸惑った表情を見せた。

「何でも言ってくれ。そのとおりにするかどうかは別だけど、中学生にもなって、一から十まで押しつけられるのもいやだよな」

藤島の言葉に、本当に自分の思うことを言っていいと判断したらしい。彼は、自分の興味のもてることをやりたいと主張した。教科書とノートと鉛筆しか使わない、堅苦しい授業は学校だけで充分だ、とも。

一方、彼の母親は、座学が大嫌いな息子に、どんなかたちでもいいから勉強してほしいと願っていた。聞けば、学校でも授業に興味がもてないと感じると、寝たり、内職をしたり、教室を出ていってしまったりするらしい。成績が上がらなくてもかまわない、とにかく勉強の楽しさを教えてやってほしいと、取りすがるように懇願された。その話のあいだ、本人は澄ました顔でケーキを食べていた。

思ったより難しいケースだ。自分のような学生の片手間でなく、本職の家庭教師か、別の専門家に任せるほうがいいのではと思ったが、彼の母親がどうしてもと言うので、「お試し」で引き受けた。本人と母親の意見を突き合わせ、落としどころを探りながら工夫した。

たとえば、国語の教科書は読まない。漢字の書き取りやテスト対策もしない。読書は嫌いではないと言うので、週に一冊好きな本を読み、要旨《ようし》と感想をまとめさせ、藤島が読みたくなるようプレゼンさせた。

数学の予復習は彼にまかせることにした。ただしノートは毎週チェックして、引っかかっているところはフォローする。

英語については放っておいても勉強してくれたので、その週に習った社会か理科の範囲に関連したことを自由に調べさせ、英語での簡単なレポートを課した。最初は三文だったレポートが、一ヶ月後には三行に増え、半年後にはタブレットを使ったプレゼンにまで発展していた。

つまり、彼自身の興味を殺《そ》がなければ、そのくらいのことはできる地頭の良さが一心にはあった。学校準拠の勉強をしていたわけではないのだが、成績は勝手に伸びたらしい。母親には泣いて感謝され、本人にはいたくなつかれた。それはもう鬱陶《うっとう》しいほどに。

家庭教師は生徒との距離が近い。授業中は二人きりの上、思春期の信頼や尊敬の念はたやすく恋愛感情にすり替わる。だから、保護者は、知り合いでもないかぎり、子供と同性の教師を望む。だが、一心について言えば、「同性」の予防線はまったく意味をなさなかった。

思えば、初対面から「先生、かっけェ」という感想をもらったので、元から外見は彼の好みだったのだろう。加えて、藤島は「オレを理解してくれる唯一の大人だ」と彼に認められていた。そしてその認識は、一心にとって、信頼や尊敬などという言葉では足りない価値があったのだと思う。

一年の夏休み前だった。ふとした瞬間、こちらを見つめる視線に気づいた。「集中して」

と注意しても、しばらくするとまた見られている。最初は無意識のようだったが、あるとき「一心」と注意したら、びくっと体を揺らして固まり、首から耳から真っ赤になった。

翌週から、藤島が隣に座ると、彼は目に見えて緊張するようになった。でも、嫌われているわけではない。メッセージアプリには、連日どうでもいい日記みたいなメッセージが並び、たまに映画や遊園地に誘われた。遊園地は「男二人で行ってもな」と断ったが、映画は一回つきあった。

家庭教師の授業は一回二時間。一時間たったところで十分の休憩をとるのだが、その時間の雑談が、やたらと恋バナに偏《かたよ》るようになった。「恋人はいる？」なんて無邪気で子供らしいものから、「今まで何人とつきあった？」とか、「初体験はいつだった？」とか、「エッチって気持ちいい？」とか、ちょっときわどい内容まで。

最初は男同士だからこんなものかと思いつつ適当に答えていたが、あるとき、机に置いていた手に手を重ねて「先生、男もいける？」と聞かれるに至り、自分の勘違いにようやく気づいた。これは無垢な子供の好奇心などではない。

「一心」

彼の手の下から、自分の手を引き抜いた――つもりだったが、ギリギリのところで握り込まれてしまった。

「一心。やめろ」

「先生、好きだ。オレとつきあって」

「却下」

「なんで！」

「声変わりもまだの子供には興味ない」

そう言ったら、「子供じゃない」と唇を突き出した。その顎を片手で掴《つか》んで、ほっぺたをぐにぐにと揉む。

「どの顔をしてそんなこと言うんだか」

一心は「やめろよ」と藤島の手を振り払い、ふてくされた顔でうつむいた。

「先生、『男同士だから』とは言わないんだな」

ハッとした。しくじった。まさかそんなところに気づかれるとは思わなかった。普段の彼は、そこまで他人の機微《きび》に敏感なたちではない――というか、どうでもいいと思っている。興味がないのだ。その彼が、藤島の小さなミスに気づいた。それだけ藤島の言うことを注意して聞いているということだった。

（これは、本気か）

だからといって、彼の気持ちを受け入れられるわけではないが。

「おまえは？　ゲイなのか？」

藤島が聞くと、一心は「わかんない」と首を横に振った。

「今まで男がいいとか考えたこともなかったけど、先生だったら、男でも女でもどっちでもいい。オレにとって人間は、先生と、その他大勢だから」

いかにも子供っぽい、だが、子供にしかできない、熱烈かつ盲目的《もうもくてき》な告白だった。同性愛者という負い目のせいで、地味に片想い以外の恋愛もせず生きてきた藤島には、こんな正面切って告白をされた経験がない。舞い上がりそうな感情はかろうじて押さえつけた。

しっかりしろ。相手は声変わりもしていない子供だ。

「気持ちだけありがたくもらっとく」

話を打ち切ろうとすると、「いやだ」とだだをこねられた。

「一心。俺は犯罪者にはなりたくない。子供とは恋愛しない。納得できないって言うなら、家庭教師も辞めるけど、どうする？」

「いやだ！　辞めないで」

――と、即座に言ってくれる必死な顔は、普通にかわいいと思う。素直に、名のとおり一心に差し出されたやわらかな心。これ以上傷つけたくはなかった。

まじめに答えているのが伝わるように、彼の目を見て言った。

「じゃあ、今までどおりだ。だけど、気持ちだけは本当にありがたくもらっとく。それでいいな？」

「……」

一心はいかにも「納得できません」と顔に大書《たいしょ》してうつむいたが、やがて「わかった」とうなずいた。そのときは。

翌週、家庭教師に行った藤島を、彼は意気揚々《いきようよう》と目を輝かせて出迎えた。なんか変なこと考えてるな、こいつ。一目見ただけでわかってしまう。

藤島が席に着くのも待ちきれないようすで、彼は切り出した。

「先生。未成年者淫行って、結婚を前提としたおつきあいならＯＫなんだって」

「はぁ」

ミセイネンシャインコウ。また何を言い出したんだ。藤島は胡乱《うろん》げに彼を見た。

「それで？」

「先生、オレと結婚して」

「バカ。日本は同性婚できないって知ってんだろ」

今日は我慢もできずに噴き出した。おつきあいもセックスもすっ飛ばして結婚か。子供の思い込みと勢いはとんでもない。

だが、一心はめげなかった。

「じゃあ、じゃあさ。エロいことしなけりゃ引っかからないっていう免責事項《めんせきじこう》？　もあるらしいんだけど」

「はぁ」

「先生、オレが十八になるまで、清いおつきあいしよう。オレもなるべく我慢する！」

「はいダメ。却下」

「なんで⁉　そんなにエッチしたいの⁉」

「何を言ってるんだおまえは。声変わりもまだのお子様はお断りだって言っただろ。『なるべく』って何だよ。やったら捕まるのは俺なんだぞ」

「うー……」

一心はくやしそうにうなっていたが、藤島が「勉強しないなら家庭教師を辞める」と、伝家の宝刀を抜くと、しぶしぶ引き下がった。やっぱり「そのときは」だったが。

一心の声変わりは少し遅くて、始まったのは中学三年の春、終わったのは秋だった。その年の夏休み、彼は身長が一気に五センチ近くも伸びて、体中の節々が痛いと泣き言をもらしていたが、それが落ち着くと同時に声変わりも終わっていた。

「先生。オレ、声変わり、終わったんだけど」

「そうだな」

重ねられた手も、初めてそうされた日に比べたら、目に見えて大きくなっていた。まだ耳慣れない、低い声が言う。

「オレ、やっぱり先生が好きだ。つきあって」

「ダメ」

「なんで！」

「なんでって、おまえ、中学生じゃん」

「先生、『声変わりもまだの子供とはつきあえない』って言った！」

「物のたとえだろ。義務教育の中学生が子供じゃないとでも？」

「……じゃあ、いつになったらいいんだよ」

「おまえが子供じゃなくなってもまだ俺が好きだって言うなら考える」

そう答えはしたものの、そんな日は来ないとわかっていた。

一心が十八になるまで、あと三年。藤島は今大学三年だ。来年には教員採用試験を受ける。彼が合法的にセックスできる年齢になる前に、藤島が就職してしまう計算だった。

それでも、高校に入ったとき。彼の背が藤島を抜いたとき。一心は、ことあるごとに藤島に告白してくれた。「してくれた」と感じるくらいには、藤島もほだされていた。藤島の気持ちは、まだ恋愛感情ではなかったと思う。でも、正直に言えば、うれしかった。藤島にとって、一心は数人いる教え子の中でも、「教師」としての自分をもっともよく評価してくれ、教師を目指す自分に自信をくれた子だった。

翌年、藤島は公立校の教員採用試験に落ち、大学院への進学が決まった。くやしかったが、高校教師を目指す自分には、院で専修免許を取るのもいい選択かもしれないと考えることにした。余分にかかる学費を思うと、アルバイトは辞められない。一心の家庭教師も続けることになった。彼は、単位制の高校に入って自由人に磨きがかかり、週五でアルバイトをしていたが、毎週水曜の夜だけは自宅の机の前でおとなしく藤島を待っていた。

はつらつとかわいらしかった子供が、思春期を経て青年になるまでを、目の前で見守った。一途に向けられる恋心を、「気持ちだけはありがたく」と言ってあしらいながら。

一心の十八歳の誕生日は、たまたま家庭教師の日だった。

その日が誕生日だということを、休憩時間のお茶請《ちゃう》けに出てきたケーキを見るまでもなく、藤島は知っていた。知っていて、自分からは「誕生日おめでとう」も言ってやらず、彼からの言葉を待っていた。ずるい大人だった。

一心が、すっかり落ち着いた大人の声で言った。

「先生。オレ、今日誕生日なんだ」

「ああ。おめでとう」

「ありがとう。誕生日だっていうのに、母さんは夜勤だし、妹は友達のとこに泊まるって言うしさぁ」

「そりゃ寂しいな」

答える自分の声は、うわずってはいなかっただろうか。彼の父親は単身赴任中なので、今夜は彼と二人きりだ。表情は取り繕っていたつもりだが、心臓は破れそうに騒がしかった。

「だから、先生が『おめでとう』って言って、一緒にケーキ食ってくれて、すげーうれしい」

「ん」と、うなずいた。

それで会話は終わりだった。「トイレ行ってくる」と彼は立ち上がり、藤島は「ああ」と答えた。拍子抜けして、呆然と。

そのときになって、藤島は初めて自分がとんでもない思い上がりをしていたのではないかということに気がついた。

今日、一心は十八になった。「子供に興味はない」と散々袖にしてきたが、その理由もなくなった。今夜、彼が「好きだ」と告白してくれたら、「つきあって」と言ってくれたら、藤島はOKするつもりだった。彼が自分を好きだという前提に、疑問も抱かないでいた。

だが、今思い返してみれば、彼が最後に藤島に愛を告げたのはいつだっただろうか？

記憶をたどってみても、この一年はない。直近は、彼の身長が藤島を抜いたとき。もう二年近くも前だ。

藤島は愕然とした。

思春期の二年は、いったいどれほど長かったか。自分の高校時代を思い返す。そのあいだに、どれだけ多くの出会いがあったか。あいにく藤島は片想いの経験しかないが、高校生の恋愛なんて数ヶ月、下手をすれば数週間スパンだということは知っている。

一心が十三のときから数えて五年。そのうち少なくとも三年を、彼は自分に捧げてくれた。「気持ちだけはありがたく」と言いながら、藤島はろくにありがたがりもしなかった。にもかかわらず、彼の気持ちがいつまでも変わらず自分にあると、どうして信じていられたのだろう。知らず知らずのうちに、うぬぼれていた。

（バカじゃないのか）

彼の誕生日を何週間も前からチェックし、今日は二人きりだと聞いてドキドキしていた自分が、たまらなく恥ずかしかった。目眩がしそうだ。今すぐ帰ってしまいたい。だが、家庭教師の時間はまだ半分残っている。こんなときにも責任感が先に立つ自分が嫌いだった。

この針のむしろの一時間は、一心の気持ちの上にあぐらをかいていた自分への罰なのかもしれない。今更こんなかたちの償いなど、彼はいらないと言うだろうが、貴重な思春期の数年間を無駄にさせてしまったことに、藤島は何かせずには耐えられないほどの罪悪感をおぼえた。

ダメだ。がっかりした顔を見せるな。普通に振る舞え。一心は藤島にふられても、いつもどおりに接してくれた。

自分に言い聞かせるのに必死で、藤島は一心が部屋に戻ってきたことにも気づかなかった。隣の椅子を引く手が視界に入り、ハッとする。

彼は椅子に腰掛けると、一つ、大きな息をついた。

「ごめん、先生」

「えっ。何が？」

　突然のことに付いていけない。「ごめん」って何が。俺を好きじゃなくなったことか？

――いや、そんなの彼の自由だし。彼は再三にわたる告白をすげなく断られて気持ちを変えただけ。謝らなくてはならない理由はない。なら、なんだ？

　本気でわからず、首をかしげる。

　一心はちょっと困ったように眉尻を下げた。

「本当はさ、授業が終わってからにしようと思ってたんだよね。じゃないと、我慢きかなくなりそうだから。でも、もう、そわそわしちゃって勉強どころじゃないから、ごめん」

「何……」

「先生」と、彼が身を乗り出す。机に置いた手に手が重ねられる。至近距離で、聞き慣れてしまった低い声がささやいた。

「先生。オレ、十八になった。もう我慢しなくてもいいだろ？」

「――」

　目を見開き、今にも触れそうなところにある彼の顔を見返した。好奇心をともす瞳は今も子供の頃と変わらずキラキラと輝いて、藤島の視線を惹《ひ》き付ける。だが、出会った頃には丸みを帯びていた輪郭《りんかく》はシャープになり、愛嬌《あいきょう》のある、魅力的な青年になっていた。

子供だ子供だと思っていたのに。心臓が痛いくらい激しく脈を打つ。

抱き寄せられ、「待って」と彼の肩に手をついた。

「何。オレもう待てない」

「待てって。ダメ。却下！」

「なんで！」

「だって、好きだって言ってもらってない！」

悲鳴みたいな声になった。

叫んでから、自分は何を言っているんだと思う。今までさんざん「気持ちだけはありがたく」受け取っておいて、何を今更。

かーっと赤面した藤島に、一心は目を丸くし、遠慮なく噴き出した。

「オレ、中一のときからずっと、先生のこと好きだって言い続けてたつもりだけど？」

そうだな。そのとおりだ。藤島もわかっている。なのに、口から出たのは、

「……でも、もう、二年も言ってもらってない」

（なんなんだ、その甘ったれた声！　拗ねた口調！　誰だよおまえは!!　俺か!!）

いたたまれず、一人、脳内でジタバタしていたら、

「先生」

甘ったるい声音で呼ばれた。ちゅっと唇にキスをされる。藤島は呆然と彼を見た。ただ

でさえ垂れた目尻をさらに下げ、一心はくすぐったそうに笑っていた。

「先生。好きだよ。中一のときからずっと好きだ」

彼の告白は、相変わらずまぶしいくらい堂々としている。そのくせ、自分の告白がどれほどの威力で藤島の心に襲いかかっているか、まるで自覚していない。藤島は今、ファーストキスと、ドストレートな告白の衝撃に、爆発しそうになっているのに。

息も絶え絶えの気分で、かろうじて「……ん」とうなずいた。

「先生は？」

聞かれて、睫毛が絡まりそうなところにある彼の顔を見つめる。

好きだなと思った。

（……うん。好きだ）

本当は、ずっと好きだった。

「……俺も」

ささやくように小さな声に、彼は「やった！」と、飛び上がって喜んだ。

傍目には一心の粘り勝ち。だけど、藤島も彼に夢中だった。一心は青春の五年を藤島に捧げたが、逆に言えば、藤島は五年彼の成長を待っていた。つきあいたてのときめきと、互いのことなら大抵のことは知っているという安心感。まだ「未成年」の「高校生」という抑止力がはたらいていたため、この頃の一心は長期でどこかへ行ってしまうこともなかった。

翌年、藤島は私立高校の教師になり、一心は「フリーターになるくらいなら大学生をやってみたら？」という藤島のアドバイスにしたがって地元の大学に進学した。

と、同時に、一心の放浪癖は一気に解放されてしまった。

アルバイトに励《はげ》んでは、ふらっとしばらくいなくなる。一年の夏休みにはとうとう世界一周貧乏船旅行に行ってしまい、数ヶ月後、褐色肌《かっしょくはだ》にド金髪の別人になって帰ってきた。いったい何をしに大学に行っているのか。大学は、眉をひそめたくなるような出席率だったが、それでも、彼の母親には泣いて感謝されていた。確かに、藤島がいなければ、彼は高校卒業と同時に行方知れずになっていただろう。彼を知る誰もがそう確信していた。

一心のバイトと放浪癖のため、会える頻度は高くはなかった。だが、藤島も就職したばかりで、私生活は仕事で手一杯。一心からの連絡がなくても、会えない寂しさより、束縛されない気楽さのほうが勝っていた。そのせいで、彼が「藤島なら、放って旅に出まくっても怒られない」「放浪中は連絡をしなくてもいい」と認識してしまったのなら、藤島にもその責任の一端はある。

一心は自由人だ。そういう生きものなのだ。手中に止めておこうと思うほうが間違っている。

ただ、どれだけ世界を飛び回っても、彼の心と貞操は、藤島の下《もと》を離れることはなかった。それだけでも奇跡のような幸いだと、藤島は本気で思っていた。放浪中、連絡が途絶えても、ひとたび顔を合わせれば、彼が藤島のことを大好きなのは言動から伝わってきた。会うたびに情熱的に求められるから、不安になることもなかった。七年かけてどうにかこうにか大学を卒業した彼が藤島のマンションに転がり込んできてからは、「どれだけ飛び歩いても、最終的にあいつの帰ってくるところは自分のところだ」という安心材料まで得てしまった。

だが、自由な生きものは、囚われることをひどく嫌う。かつての一心が、中学の先輩後輩関係を嫌ってたびたび先輩とトラブルになっていたように。高校、大学時代も、一ヶ月と一所にじっとしていられなかったように。もし藤島が縛り付けるような言動をすれば、彼はあっという間に逃げていってしまうだろう。

そんな彼に、「パートナーとして両親に会ってくれ」と言っても大丈夫だろうか？　「藤島亮のパートナー」というラベルは、彼の枷《かせ》になりはしないか？

正直、藤島にもわからない。だが、両親に会ってくれるかどうかはともかく、話だけは聞いてもらいたいと思ったから、〈今どこにいる？　話がしたい〉とメールを打った。いつもなら、一心が放浪中は、向こうから連絡が来るまで邪魔をしない。だが、今回は口実があるからメールもしやすかった。

一心はいつあのメールを見るのだろう。どんなことを思うだろう。話をしたら、早く帰ってきてくれるだろうか？　期待してはいけないと思いつつも考えずにはいられなかった。

病院から帰宅後、物思いにふけりながら掃除をしていたら、いつの間にかキッチンの水回りがピカピカになっていた。ストレスまかせに磨き上げたシンクには、ゆがんだ男の顔が映っている。辛気くさい四十がらみの男だった。これでも学校では「気さくな男前」として人気の教師なのだが、今の藤島には見る陰もない。

その男はシンクの底から藤島を見つめ返し、重苦しいため息をついた。

＊

そのキッチンのシンクが再び曇り、掃除したのは昨日のことだ。前回の掃除から二週間。一心が、「十日間の旅行添乗」の予定で家を出てから一ヶ月半がたっていた。藤島が送ったメールには返信もないままだ。たとえ父親のことがなかったとしても、普通に怒っていいと思う。

とにかく今夜は追い出さないでくれと泣きついてきた一心にため息をつき、藤島はとりあえず仁王立ちをといた。

「おまえ、スマホは?」

「ごめん。鍵と服と一緒に盗られた」

「そこで帰ろうとは思わなかったのか」

「あー……ごめん」

言い訳もないらしい。そうか、インドは楽しかったか。楽しかったんだろうな。かの国に行った人は、その魔力に取り憑かれるか、二度と行かないと嫌悪するか、二つに一つだと聞いたことがある。一心は前者だったんだろう。あの混沌《こんとん》とした感じ。いかにも一心が好きそうだ。

藤島は深々とため息をついた。今日という今日は言ってやろうと決めていた——といっても、藤島にとっても、一心にとっても、「いつもの説教」なのだが、今日こそ真剣に聞いてもらわなければ困る。

「一心」と名を呼ぶと、彼は「はい」とかしこまった。

「それがおまえの生き方だと思ってるから、今までおまえが何日家を空けても、俺は『行くな』とは言わなかった。そうだな?」

「はい」

「けど、十日の添乗の予定で家を出て、一ヶ月半もふらついてるって、…………まあ、行くのはいいよ。行っていい。けど、黙って行ったら心配するって、今まで何回も言ったよな？　事前に予定くらいは連絡してくれって、何度も何度も頼んできたよな？　せめて事後報告でもいいから、『無事だ』くらいは連絡しようと思わないのか？」

噛んで含めるような口調に、一心は「ほんとごめん」とばつが悪そうに頭を掻いた。

「スマホなくしたのが痛かった」

いや、別に電話でもいいし、今時インドにもインターネットカフェくらいはあるだろう。どうしても連絡がつかないなら早く帰ってくればいい。それをしないのは、結局のところ、放浪中の彼の中で、藤島という存在がかぎりなく希薄《きはく》だからに他ならない。放浪中の彼にとっては、藤島への連絡より、目先の楽しい出来事のほうが重要なのだ。

口では「ごめん」と言うものの、藤島の気持ちの十分の一も響いていないのは明白だった。今までさんざん言ってきたことを、またくりかえすことにむなしさを覚える。たとえ今言い聞かせても、どうせまた同じことをくりかえすのだ。

藤島はまた一つ息をつき、感情的にうわずっていた声のトーンを落とした。

「まあ、おまえが無事だったんなら、それに越したことはないんだよ」

やっと、「無事でよかった」という気持ちを口にできた。原因は一心だが、イライラし過ぎの自分にも落ち込む。

「二週間前、メールしたんだ。おまえ、それも見てないんだろ」

「えっ。ごめん、何の用だった？」

「……いや、今はいい」

メールを打ったときとは、いろいろと藤島の気持ちが変わってしまった。

藤島の言葉に、一心は「そう？」と首をかしげたが、それ以上は聞いてこなかった。「言わなくても察しろ」が通じる相手ではないので、これは深く考えていないだけだ。わかっていたが、藤島も指摘しなかった。こんな玄関先でする話じゃない。

ガタガタ、ドアや柱にぶつけながら、一心はスーツケースを玄関に引き入れた。

「静かにしろよ。こんな時間にガタガタ言わせてたら、周りの部屋に迷惑だ」

「はーい」と、いい返事が返ってきたのに安心し、リビングに向かおうとしたら、背後で、ガン！　と音がした。

「一心」

「ごめん。開けたらぶつかった」

へらへら笑いながら、ぐちゃぐちゃのスーツケースから、これまたぐしゃぐしゃになった紙袋を取り出す。

開けっぱなしのスーツケースを飛び越え、追いかけてきた彼の髪は、リビングのＬＥＤ照明の下ではさらに鮮やかだった。目にまぶしい南国ブルー。藤島が日常生活を送っている範囲ではまず見かけない髪色だ。

（街中で出くわしたら避けて通るな）

これで「見かけほど悪いやつじゃないんです」なんて通用しない。人は第一印象で決まる。長年中学生を受験で選別し、高校生の大学受験を面倒見てきた藤島の持論である。

「その髪は？」

「ん、これ？」と、褐色に焼けた長い指が、ふわふわ揺れる前髪を引っ張った。

「伸びすぎたから、美容院に行って、『おしゃれにして』って頼んだらこうなった。きれいだろ？」

うしろめたいことなど一つもありませんという顔で、一心は得意げに笑っている。

「……まあ、そうだな」

きれいか、きれいじゃないかと聞かれれば、きれいだ。南の島の鳥みたいで。アシンメトリーなカットと相まって、彼を取り巻く自由な空気にはよく似合っている。

一心が旅行のついでに突拍子《とっぴょうし》もない髪色や髪型にするのは、これが初めてではなかった。頭に花でも咲いているのかと言いたくなるハッピーピンクに染めてきたこともあれば、誰かの喪に服しているのかと心配になるほど真っ黒に染めてきたこともある。次の添乗業務までには常識的な色に染め直すとわかっているので、藤島もとやかく言うつもりはなかった。

「インドで美容院に行ったのか？」

「これはモルディブ」

「はぁ？」

出発前には聞かなかった国名がじゃんじゃん出てくる。一心は「インドの南の島だよ」と笑った。そのくらい知っている。

「はい、これ。おみやげ」

渡された紙袋の中身は紅茶だった。

「お。ムレスナ」

「モルディブはイスラムの国だから酒を飲まないし、スリランカが近いからね。普通のスーパーでもいい紅茶を売ってるんだ」

「へぇ……あっ、待て、座るな！」

ソファに腰を下ろそうとした一心を慌てて制止した。

「おまえ、結局どこから帰ってきたんだ？」

「インド」

「風呂入れ」

じゃなかったら、ソファどころか床にも座らせない。

ビシッと風呂を指した藤島の気迫は伝わったらしい。一心は「はーい」と間延びした返事を残し、今入ってきたドアから出ていった。

ほどなくシャワーの音が聞こえてくる。ちゃんとまっすぐ風呂に行くか、無意識に耳を澄ましていたことに気づき、藤島は詰めていた息を吐いた。

衛生に対して若干神経質なきらいのある藤島とは対照的に、一心は病気になりさえしなければ細かいことは気にしないというおおらかさなので、帰国時にはいろいろ気を遣《つか》う。片付けは明日と言ったが、洗濯は今夜のうちにやらせないとならない。以前、南米のとある国から帰ってきた彼を一晩放置していたら、家中ダニまみれになったことがある。二度と同じことはくりかえさせない。

もう一つため息をついてから、自分自身を落ち着かせるためにキッチンに立った。やかんを火にかけ、食器棚の奥から二人用のポットを取り出す。彼と自分のマグカップを並べ、一ヶ月半ぶりの光景に目を細めた。二人で暮らし始めた当初、浮かれて買った、おそろいのマグだった。

――だめだ。決心が揺らぎそうになる。「出ていけ」と言ったのは自分なのに。

一度距離を取りたい、取るべきだと、直前まで心を決めていた。なのに、彼と二人で過ごすことはあまりにもしっくりと藤島の目と心になじみすぎて、やっぱりこのままでいいかと思いそうになる。

(今度こそ関係を見直すと決めただろう)

意志薄弱な自分を叱咤《しった》した。

この半月、藤島がどんな気持ちでいたか。

放浪中の一心から連絡がないのはいつものことだが、自分から打ったメールにさえ返事がないのは不安だった。もしかして何かあったのか。それとも、藤島のメールに束縛を感じて返事をしないでいるだけか。

弱い心を守るために、必要以上に予防線を張り、物事を悪いほうへ悪いほうへと考えてしまうのは藤島のよくない癖だ。悪い想像ばかりしては、苛立ち、怒り、不安になる。

思い出して覗いてみた彼のＳＮＳは、藤島がメールを送った前日で投稿が途絶えていた。最後の投稿は、「インド！」というコメントと、どこだかわからない雑多な町並み。インド……インド？　なぜインド？　事前に聞いていなかった国名に面くらい、連絡がなかったことに失望した。こちらの事情を知らないのはしかたがない。放浪を止めるつもりもない。が、毎度毎度、連絡まで途絶えるのはどうなのか。まるで藤島の存在など忘れたと言わんばかりに。

大人だから言わないだけで、彼が行方不明になるたびに抱いていた不安と苛立ちが、父親の件をきっかけに爆発した。

もう耐えられない。今度帰ってきたら、一度きちんと話をしよう。

束縛したいわけじゃない。旅も自由に行ったらいい。だが、大事なとき、不安なときには、そばにいてほしい。せめて、連絡がつくようにしておいてもらいたい。それすらできない相手を、パートナーとは呼べない――そう心を決めたのは、何日前のことだったか。

早く帰ってきてほしかった。だが、同じくらい、このまま帰ってこなければいいとも思っていた。話し合いの過程と結果によっては、別れることになるだろうから。

想像していたとおり、一心が帰ってきたら帰ってきたで、藤島はイライラさせられてばかりだ。――いや、悪いのは彼だけではない。自分だって年上らしく、もっとゆったりと心広く構え、笑って「おかえり」と迎えてやれる男だったらよかったのだ。

だが、一心がこの二十年変わらなかったように、藤島もこの二十年変われなかった。初対面で感じた「個人的には親しくなれないタイプだ」という直感は、やはり正しかったのかもしれない――。

揺れ動く気持ちを落ち着けようと、いつもより丁寧に紅茶を淹《い》れた。藤島の好きなメーカーの、藤島の好きなノンフレーバードティー。藤島はコーヒーも紅茶も牛乳を多めに入れるのが好きだが、一心はどちらも何も入れない。ただ、疲れているときだけは砂糖を欲しがる。今夜はたぶん、スプーン一杯。

「亮さん、オレにも紅茶ちょうだい。砂糖入れて」

風呂から全裸で上がってきた一心に、藤島は眉を寄せた。つきあって十五年もたつと、全裸で室内をうろうろすることに恥じらいもなくなるし、見る側にもときめきはない。ただただ、ぶらぶらしているそれにあきれるばかりである。

「やるから、服を着ろ。髪を拭け。あと、持って帰った服とタオルを、今すぐ捨てるか洗うかしろ」

「へーい」

人を食った返事をし、一心が寝室のクローゼットから取り出してきたのは、藤島のTシャツだった。下はトランクス一丁だ。……まあ、穿いていないよりはましか。

彼は盛大なあくびをしながら、藤島の手からマグカップを受け取ると、味わいもせず、ごくごくと飲み干した。いい紅茶なのにもったいない。自分はゆっくりと味わいながらたずねる。

「結局、今回は何ヶ国回ったんだ?」

一心は「んーと、」と視線を宙に向けた。

「オマーンとドバイのツアーに添乗して、そのツアーに参加してた夫婦に気に入られて。で、その人たちがモルディブにも行ってみたいって言うから、急遽モルディブも案内することになって。せっかく近くまで行ったから、その人たちと別れてからインドにも寄ってきた。から、四」

「よく金が続いたな」

「自腹はインドだけだもん」

「はぁ」

我ながら、感心しているのか、あきれているのか、わからない反応をしてしまった。実際、自分でもよくわからない。「親しくなれないタイプ」という第一印象をひっくりかえし、五年かけて恋人になるまでほだされた人間としては、相変わらずすごい人たらしぶりだなと思う。世の中金を持っている人は持っているものだとも思う。そして、いきあたりばったりもたいがいにしろとも、もちろん思う。いきあたりばったりがやめられないなら、せめて、最低限、連絡くらいしろ！

一時下火になっていたむしゃくしゃした気分が再燃し、藤島は切り出した。

「あのな、一心。話があるんだ」

真剣な話だと、態度と声音で示したつもりだ。が、一心はふわぁともう一つ大きなあくびをした。

「ごめん、亮さん。オレ今めっちゃ眠いんだわ。洗濯も片付けも、明日朝一番でするし、話もそんとき聞くから、今夜は許して」

そう言って、ふらふらと立ち上がる。

「あっ、おい一心」

呼び止めたが、彼は「おやすみー」と寝室に消えたきり戻ってこなかった。こうなると、絶対、朝まで起きない。

（なんっだ、あいつ！）

ムカムカしながら玄関へ向かった。スーツケースから衣類を取り出し、藤島基準でもう着られそうにないものはゴミ袋へ、残りは洗濯機に突っ込む。一心には一心の要る要らないがあるかもしれないが知ったことか。洗剤を多めにぶち込み、上から衣料用漂白剤も振りかけて、やつあたりのように洗濯機のスイッチを押した。

玄関へ折り返し、片付けを続行する。旅慣れたベテラン添乗員らしく、一心の荷物は少ない。パスポートと小銭とカードの入ったボディバッグ。スケジュール帳。ガイドブック。副業で引き受けている翻訳の書類と、スマホと接続して使う折り畳み式キーボード。デジタルカメラ……片っ端から別のゴミ袋に突っ込んでいく。

ふと、スケジュール帳の今月のページが開いているのが目に入り、悪いと思いつつも見てしまった。三日後の欄に「ネパールへ」と書いてあった。三日後。ネパール。何も聞いていない。ため息が出る。それも一緒にゴミ袋に入れ、口を縛った。スーツケース、捨てる服の袋とまとめて殺虫剤を噴霧《ふんむ》する。やっとダニ対策が一段落した。

明日から始まる教育実習の準備が途中だったが、今夜はもう仕事ができる心境ではなかった。洗濯が終わるまで風呂掃除をすることにする。基本、最後に入った人間が風呂も洗うというルールがあるが、どうせ今夜の一心はろくに洗ってもいないだろう。

そう考えながらドアを開けたら、湯船になみなみと湯が張られたままだった。とうとう舌打ちが出てしまう。腹立ちまぎれに栓を引き抜き、洗剤をぶっかけたスポンジで力まかせに湯船をこすった。それだけでは気が治まらなかったため、床も磨き、鏡も拭いた。だが、鬼気迫《ききせま》る勢いで掃除をする男の形相《ぎょうそう》が鏡越しに目に入った瞬間、ふっと体から力が抜けていった。

「……」

もしかして……と、思う。いやな想像だった。

（もしかして、あいつがこの家に留まらないのは、自由を求めているだけじゃないのか……？）

以前の一心は、帰ってくれば最低一週間は家にいたし、この家にいるあいだは、藤島が音を上げてうんざりするほど求めてきた。だが、思い返してみると、彼が家を空ける期間は次第に長く、自宅にいる期間は次第に短く、セックスの情熱はあきらかに下がってきている。前回帰ってきたときも、彼は中五日で出発するまで、一回しかしなかった。今夜に至っては会話さえろくにせずに爆睡中だ。三日後にはまた出ていってしまうというのに、その予定を伝えもせず。

腹が立つ。だが、それどころではない寂しさとかなしみが、足元から這い上ってきた。鏡の中の男は、今にも泣きそうな、なさけない顔でこちらを見ている。

自分で言うのもどうかと思うが、来年四十の男にしては、若々しい顔立ちだった。白髪がないわけではないが、染めなければ目立つというほどでもない。皺もない。一心には言わないが、六歳差を埋めるため、体型維持にも努めている。だが、一心と出会った頃と比べれば、容色の変化はどうしたって否めなかった。あたりまえだ。十代とアラフォーが同じだったら恐怖である。

藤島自身は、年齢を重ねることに抵抗はなかった。人には年齢ごとの魅力がある。四十なら四十らしい自分でいればいい。

けれども、鏡の中の男を見て、思ってしまった。一心にとっては、自分はもう魅力のない相手なのではないか？

ただでさえ、十五年も抱き続けてきた相手だ。新鮮味なんてものはとうになく、しかも考え方によっては経年劣化している。それだけでも、セックスレスの原因にはなるだろう。その上、ひさしぶりに帰ってみれば、鬼の形相でイライラと説教ばかり。唯一の取り柄だった「放浪に理解を示してくれるところ」にしても最近は口うるさいとなれば、帰りたくなくなるのも無理はない――のかもしれない。

深いため息がこぼれ落ちた。

話し合いたいと思っていた。距離をとって気持ちを整理し、自分の考えを彼に伝え、少しでも理解してもらえたら。これから先のつき合い方を、きちんと二人で話し合えたら、と。だが。

（もしかして、言いたいことを言えないでいるのは、おまえのほうなのか？）

脱衣所から洗濯機が呼んでいる。

だが、藤島は鏡の前から動けなかった。

2

勤め人にとって、月曜の朝は憂鬱なものだ。藤島のように仕事が苦でない人間でも、「今日から五日仕事かー」くらいは思う。ましてや、今日から三週間、少々やっかいな業務が加わるとわかっていれば、憂鬱にもなる。

「よろしくお願いします」

教育実習生の控室として用意された会議室。藤島の前で頭を下げたのは、今年の実習生だった。藤島が担当する世界史は二人だ。三年ちょっと前の卒業生だから、顔も名前も覚えている。

女子の稲川《いながわ》は、素直でまじめな教え子だった。高校時代と変わらないなら、あまり心配はないだろう。問題はもう一人、男子の中垣内《なかがいち》のほうだ。彼は顔も要領も愛想もよく、常に友人たちに囲まれている生徒だった。生徒には好かれるだろうが、人間としてはやや軽佻浮薄なところがある。藤島は、実体験としてそれをよくわかっていた。彼が高校三年のとき、担任をしていた藤島は、ちょっかいをかけられたことがあるのだ。

「先生。オレ、最近悩んでることがあって」

めずらしく神妙な顔をしていたから相談室までとったのに、彼の相談ときたら。

「オレ、最近男もいけるんじゃないかと思ってるんだけど、確信がもてないんだよね。ちょっとキスしてみてもいい？」

いいわけないので、きっぱりすっぱりお断りした。中垣内はあっさり引いて、その後は何もなかったので、藤島個人に興味があったわけではないのだろう。だが、ああいうことを生徒に対してやられては困る。それとなく目を光らせておかなくてはならない。正直面倒に感じていた。

「一週間目は主に授業見学。あと、授業計画の作成をしてもらいます。実際の授業は来週から日に一時間ずつ、教科書五六ページからしてもらう予定です。金曜の放課後に模擬授業をしてもらうから、事前に準備しておいてください。あと、朝の会と帰りの会は、俺の担任クラスで出席すること。定時は五時です。実習日誌は毎日チェックするから、帰る前に提出に来てください」

当面の連絡事項を伝え、職員室と事務室に案内して、コピー機と輪転機《りんてんき》の使い方も教えておく。ホームルームの時刻になったので、担任しているクラスに二人を連れていき、紹介した。教室からの帰りに社会科準備室にも案内して、社会科の教諭たちにあいさつをさせ、資料と教材の置き場所を教えたら、とりあえず今朝やることは終わりだ。

稲川はすぐに実習生控室に戻っていったが、中垣内は準備室に残った。参考書の棚を眺めている彼に「必要だったら借りてっていいぞ」と声をかけ、藤島も自分の机につく。二時間目は授業の予定だった。

「先生」

声をかけられ、「ん？」と返す。振り返ろうとした藤島の動きを封じるように、とん、と机に片手が突かれた。机と彼とのあいだに囲い込まれる。

（しくじった）

いつのまにか、準備室内には二人しかいなくなっていた。

……まあ、男同士だし、動揺するほどのことでもない。すぐに冷静を取り戻し、「何？」とたずねる。中垣内は、面白がっているような表情で藤島を見下ろしていた。

「先生。オレが高校生のとき、男もいけるかもって相談したの、覚えてます？」

覚えているもなにも、さっきも思い出していたところだ。が、藤島もだてに長年ゲイを隠して生きているわけではない。今まで忘れていたかのようにさらっと返した。

「あったな、そんなこと」

「あれさ。結局、オレはバイだったんだけど」

おい、そんな大事なことをいきなりカムアウトしていいのか。

若さのためか、世代のためか、それとも彼自身の性格か。あきれながらも、一応忠告してやった。

「そういうの、あんまり軽率にしゃべらないほうがいいんじゃないか？」

「相手は選んでるから大丈夫です」

「はぁ」

──なら、なぜ自分に？

藤島の警戒を読んだように、中垣内は目を細めた。獲物をうかがうネコみたいだ。

「確信したのは大学入ってからだけど、自覚したきっかけは、高校生んとき、先生がネクタイ緩める姿にムラムラしたからだったんですよね。だから、教育実習で先生に会えるの、めっちゃ楽しみにしてたんです」

そこまでだ。皆《みな》まで聞くつもりはない。彼の体を押しのけ、席を立った。

「俺は、仕事以外でおまえの相手をする気はないから。あと、念のために言っとくけど、そういうちょっかいを生徒に出したら犯罪だからな。高校生のときとは違って、高校も大学もおまえを守ってはくれないぞ。言動には気をつけろ」

釘を刺し、社会科準備室を出た。やれやれと思う。

実は、藤島にとって、女子生徒に恋愛感情を抱かれることは、そうめずらしいことではない。おじさん相手にどこまで本気かは別として、常にそういう子が一人、二人はいる感じだ。なので、なるべく生徒をその気にさせないよう、そして、その気になっても行動には移させぬよう、藤島も気を遣っている。それこそ二人きりにならないようにだとか、進路指導などでどうしても二人きりになる際には部屋のドアを開けておくだとか。

だが、まさか教育実習生——しかも、男に言い寄られるとは思っていなかった。これから三週間を思うと頭が痛い。よりにもよって、一心との関係で悩んでいるときに。

もちろん、一心との関係がどうなろうと、中垣内に対してそういう興味はまったくない。ただ、こわいもの知らずな彼の行動に、ちらりと思ってしまったのだ。二十年前の一心もあんな感じだったよな、と——。

渡り廊下を歩きながら、藤島は自嘲《じちょう》した。それはつまり、今の一心からは、あの頃のようながむしゃらな熱量は感じられないということだ。昨夜気づいてしまったことを、別の角度から再認識する。けれども、それは自分も同じだということも、藤島はわかっていた。

出会って二十年。つきあってから十五年。思いが通じ合った頃と同じときめきを、今も彼に感じるかと言われれば、それは否だ。けっして嫌いになったわけではなく、そこにいるのがあたりまえになっただけだが、ドキドキしてキュンキュンして……という恋愛特有の高揚《こうよう》はいつの間にかなくなった。

（一心も同じことか）

お互いさまなのだ。一心ばかりを責められない。わかっている。わかっていながらも寂しい。

気がつくと、思考も感情も一心に流れ、中垣内のことは頭から抜けかけている。ほんの一瞬でも、自分の心に彼が割って入る余地はないのだった。

藤島の勤め先である私立高校は、そこそこのレベルの中高一貫進学校だ。このレベルの学校は特別急ぎの仕事でもないかぎり、定時を過ぎると教員もさっさと下校する。藤島もまたご多分にもれず、五時半には学校を出た。夏至が近いこの時期は、まだ真っ昼間のような明るさである。

今夜の夕飯はどうしよう。一心はまだ家にいるのだろうか？　今朝、藤島が家を出るときには、のうのうとベッドで爆睡していたが。

確かめてみようとスマートフォンを取り出して、はたと気づいた。ガンジスのふちで攫《さら》われたというスマホの代わりを、果たして彼は手に入れたのだろうか。

最悪、自宅の固定電話にかけるしかないなと思いながらロックを解除する。と、私用のメールアドレスに、一心からメールが来ていた。早速新しいスマホをゲットしたらしい。

〈まだ家にいるのか？〉とメールをしたら、〈いるよ〉とすぐに返事が来た。

〈晩ごはん作って待ってる〉

「……ふぅん」

「待ってる」の一言にほっとする気分と、「まだいるのか」という思いが半々。だが、藤島のご機嫌を取ろうと夕飯を作ってくれたのかと思うと、天秤は好感のほうへ振れた。長年年下の男を見守り、甘やかし続けてきたせいかたったこれだけで「かわいげがある」と感じてしまう。

〈晩飯何？〉

〈インドカレー〉

わざわざ「インド」と言うからには、きっとスパイスから作ったやつだろう。藤島の料理が主夫の日常料理なら、一心の料理はいかにも「男のこだわり料理」だ。やたら時間と手間がかかっている、へたすると一日がかりのやつ。ちなみにガチの現地仕込みなので、だいたいうまい。

期待しながら帰宅すると、玄関の外まで刺激的なスパイスの香りがただよっていた。藤島の腹がぐうと鳴る。ついつい気分があがってしまう。

だが、上機嫌でいられたのは、玄関を開けた瞬間までだった。

廊下から続くリビングの向こう、ドアを開け放したベランダにいる一心の姿が目に入った。洗濯物を取り込んでくれていたのだろう。窓際の床に洗濯物の山ができている。それはいい。が。

一心はベランダの手すりに寄りかかり、夕暮れの町を眺めていた。すらりと長い手足にシンプルな黒のカットソーとデニムパンツ。紺青《こんじょう》のエプロン姿が絵になっている。その口には煙草《たばこ》がくわえられ、細い煙を上げていた。くせのある匂いが鼻に届く。その瞬間、藤島の中で昨夜からくすぶっていた苛立ちが一気に燃え上がった。

どこで覚えてきたのか、大学に入ってから、一心は煙草を吸うようになった。ストレス発散のためらしく、家に留まれば留まるほど本数が増える。卒論を書いていた時期など、ひどいものだった。

だが、藤島は煙草が大嫌いだ。小児ぜんそくを患《わずら》っていたので、小さい頃は副流煙を吸えばかならず体調が悪くなった。今でも臭いを嗅ぐだけで頭がくらっとする。有害物質が山ほど入っているとわかっているのに、なぜあんなものを吸いたがるのか、藤島には理解できない。

十数年前、彼が喫煙を始めた直後から、藤島は「煙草はやめろ」と言い続けてきた。八年前、一心が藤島の家に転がり込んできたときにも、「俺と住みたかったら禁煙しろ」と条件を出し、一心はそれを吞んだ。

とはいえ、一心が完全に煙草を手放せていないことは、藤島も薄々わかっていた。本人はうまく隠しているつもりのようだが、藤島の鼻は敏感だ。外から帰ってきた彼の臭いで、「吸ったな」と気づくことがたまにあった。ヘビースモーカーではないようだが、家にいると、どうしても吸いたくなるらしい。気づくたび藤島は「やめろ」と言ったし、一心も口では「はいはい」としたがった。完全に禁煙できないのは、彼が心のどこかで、そこまで喫煙が悪いことだと思っていないからだ。それは藤島も理解していたが、少なくとも、この家では吸うことはないと思っていた。他でもない、藤島と、約束したから。

だが、相手はあの一心だ。元々彼がこの家に転がり込んできたのは、「一人暮らしは家賃がもったいないから」という理由だったくらいだから、彼にとっては同棲も、それにまつわる約束も、たいして深い意味はなかったのかもしれない。

でも、生来的《せいらいてき》に同性愛者であり、思春期前から自分の性的指向についてそれなりにまじめに向き合ってきた藤島にとって、同棲は結婚と同じくらい覚悟のいることだった。「禁煙」はその同棲生活にとって——つまり、藤島にとっては、結婚生活のルールともいえる、大事な約束だったのに。

怒りは、直前までの好感など焼き尽くす勢いで燃え上がった。あまりの業火に、燃えるものは一瞬で燃やし尽くされてしまったらしく、頭の中は妙に冷静だ。

「ただいま」と声をかけた。ぼんやりと夕焼けを眺めていた一心の背中が跳ね、さっと煙草を携帯灰皿に押しつけた。見つかったら怒られるということはわかっているらしい。わかっていてやるのだから、余計にたちが悪い。

彼は何食わぬ顔でこちらを見た。にこっと人好きのする笑みを浮かべる。

「おかえり、亮さん。どっちから帰ってきたの？　こっから見つけて『おかえり』って言おうと思ってたのに」

「裏の店に寄ってきたから」

言いながら、輸入食料品店のビニール袋を彼に差し出す。さっきまで気にもならなかったインドビール二本が重く感じた。なんだかんだ言いつつ、彼が帰ってきて浮かれていたのだと今更気づく。

「ビール？　やった。カレー、すぐ用意するね」

袋の中身を覗き込み、いそいそとキッチンに入っていく彼の背中を見やった。煙草に気づかれたと気づいていないのか、それともわかっていて敢えての知らんぷりなのか。まさか、藤島の気持ちなどどうでもいいというわけではないだろうが――。

自分は今どんな顔をしているのだろうか。凍えた目をしていない自信がない。ネクタイを引き抜き、寝室のハンガーラックにかけた。着替えるか、このまま食べるか、一瞬迷ったが、何もかも面倒になって着替えはやめた。洗面所で手を洗う。リビングに戻ってくると、テーブルには既にカレーとサラダが並んでいた。

「いただきます」

彼と向かいあって食事をする。実に一ヶ月半ぶりだった。

「どう？」

「うまいよ。これ、ルゥを使わずに作っただろ」

「そう。米はインディカ米」

褒められて、一心はニコニコしている。

スパイスのよく効いたカレーは食欲を刺激し、インドビールとよく合った。おいしかったがそれだけだった。舌はおいしいと認識しているのに心が動かない。どころか、胃のあたりがむかむかする。心理的なものだけではないようで、無意識にため息がもれる。

「亮さん、疲れてる？」

たずねられ、「いや」と否定しかけて、やめた。

「……そうかもしれない」

「学校で何かあったの？」

「今日から教育実習生が来た」

「へー、そんな時期か」

そう。もうそんな時期なのだ。前に一心が家を出ていったときには、まだ八重桜が咲いていたのに。

少しでももやもやを吐き出したい気分になり、口を開いた。

「普段の仕事に加えて実習生の面倒を見るだけでも大変なのに、今年はやっかいなやつがいてさ」

「やっかいって？」

答えようとして、ハッとした。これは恋人に言っていい話か？

（……まあいいか）

どうせ大して気にしないだろう。そう思い直して続けた。ほんのちょっと、嫉妬してくれたらいいという下心もあった。

「中垣内っていうんだが、実習生の中に、高校時代、俺にちょっかい出してきたことがあるやつがいるんだよ」

「え？　亮さんのことが好きだった子が、教育実習に来たってこと？」

藤島は、口に入れたケールのサラダを咀嚼《そしゃく》しながら、肩をすくめた。

「そんな真剣なやつじゃない。ただ、自分が男もいけるか試したいからキスしてもいいかって言われただけだ」

「男かよ」

一心が顔をしかめた。不機嫌な表情に少し驚く。

「言っとくけど、何もなかったぞ？」

「あたりまえだろ。え、なに、そいつが実習に来てんの？」

「そう。で、自分はバイだったんだけど、自覚したきっかけは俺だから会えるのが楽しみだったとか言い出して」

「早速モーションかけられてんじゃん」

一心はがしがしと頭を掻いた。苦いため息。南国ブルーの髪が乱れる。

「どこでそんな話したんだよ」

「え？　ああ、準備室で二人きりになったときに……」

「もう、今後はそいつと二人きりにならないで。気をつけてよ」

まるで藤島が女子高生のような言われようだ。だが、悪い気はしなかった。にやりと笑う。

「なに。やきもち？」

一心もわざと唇をとがらせた。

「心配してるんですー。少しは危機感もってくださーい」

「言われなくても、相手にしてない」

笑ってしまう。ギスギスしていた気分が少しやわらいだ。改まって「好き」だの「愛してる」だのは言わなくなったが、今だって、一心のこういう開けっぴろげな感情表現にかわいげと愛情を感じないわけじゃない。

「ごちそうさま」

食べ終えた食器を流しへ運び、「さてやるか」と声をかけた。

「トランプ、ウノ、ジェンガ。どれにする？」

「ウノ」

「ＯＫ」

机の抽斗《ひきだし》からウノを持ってくる。テレビ前のラグに向かいあって座った。シャッフルしたカードを配る。負けたほうが皿洗い。他にも、ゴミ捨てとか、洗濯物を干すとか、役割の決まっていない家事などがあって、二人とも手が空いているときには、どちらがやるかゲームで決める。一緒に暮らし始めたときから続いている、ちょっとした習慣だ。特別なことは何もないのだが、肩肘《かたひじ》を張らずに向き合える時間を、二人とも気に入っていた。

「ひさしぶりだなぁ、ウノ」

片手にカードを広げてのんびり言う一心を睨む。

「おまえが帰ってこないからだろ」

「そうなんだけど。お客さんとはやんないし、一人ではできないし、これやると、あー家だなって思う」

「あ、そう」

そっけなく言いながらも、藤島は表情をやわらげた。なにげなく出た「家」という言葉がぽつんと胸に灯《あかり》をともす。

（……そうか、「家」か）

留まるところなど必要にしそうにない——どころか、邪魔に思っていそうな彼が、藤島のいるこの家を自分の居場所だと思ってくれている。

「何？」

「何って、何が？」

「亮さん、うれしそうだから」

「……なんでもない」

言いながら、「二枚カードを取る」カードを出して、「ウノ」と宣言する。二枚取ったカードから、今度は一心が「四枚カードを取る」カードを出した。駆け引きを何度かくり広げ、最終的に天運は一心に味方した。

「あー、負けた！」

残ったカードを場に投げ出す藤島を見て、一心がニヤニヤしている。

「じゃ、亮さん、洗い物よろしく」

「了解。ついでにチャイ淹れてやるよ」

ウノを片付け、キッチンに向かうと、片手鍋に水を入れた。土産の紅茶をスプーン二杯。洗い物をしているあいだに、煮出して濃いめの紅茶を作る。牛乳を入れると同時にシナモン、カルダモン、ジンジャーのパウダーを振り、再度煮出して砂糖を入れたらスパイスチャイのできあがりだ。

おそろいのマグに分けて注ぎ、テーブルへ運んだ。ノートパソコンをいじっている一心の前に一つ。もう一つを持って、向かいの席に着く。

（……一心が出ていったら、こういうのもなくなるんだな）

そう思うと、すっと心に影が差し、口を開くのが遅れた。一心のほうが一拍早く、沈黙を破る。

「スマホ持ってかれちゃったから、写真があんまりないんだけどさ。ガンジス」

見せられた写真には、エキゾチックな建物と川縁の階段、ゆたかに水をたたえた川が写っていた。一見美しい風景だが、よく見ると川は泥水《どろみず》だ。

「いろんなものが流れてるって聞いたけど」

「そうだね。ゴミとか、時には遺体とか。あっち、水葬《すいそう》って習慣もあるから」

「……すげぇな」

文化の違いに驚くし、その川に入ってみようと思う一心にも驚く。藤島には無理だが、一心のそういう部分は、いやみではなく尊敬していた。自分とは違う生きざまに、憧れないわけではない。彼の話を聞いていると、出不精《でぶしょう》の藤島でも、その風景を見てみたいと思わされるときがある。

「次は明後日か？　ネパール行くって？」

なにげないふりを装い、藤島が言うと、一心は目を丸くしてこちらを見た。予定を言ったっけ？　と、疑問がそのまま顔に出ている。だが、気にしないことにしたのか、たずねることはせず、「そ」とうなずいた。

「前にマチュピチュを案内したお客さんなんだけど、アンナプルナのベースに行きたいんだって。ヒマラヤの上にかかる月を見ながら酒を飲むとかなんとか……」

「『星と祭』か」

「何それ？」

「井上靖の小説。やるから読んどけ。絶対に話題になる」

本棚から文庫を引き抜いて渡してやった。「サンキュー」と無邪気に笑う。一心は、座学はあまり得意でなかったが、知識欲も好奇心も旺盛《おうせい》だ。読書はよくする。語彙も多い。藤島は彼が翻訳した本も読んでいるが、普通に小説として成り立っていていつも驚く。

香り高いチャイを一口。藤島はたずねた。

「で、おまえはいつここを出ていくんだ？」

「明後日の朝」

「それは添乗員の仕事でだろ？」

「うん？　そうだけど？」

――それが何か？

一心は、まったくわかっていない顔をしている。まさか、昨日「出ていってくれ」と言われたのを忘れたわけではないだろうに――いや、これは、そもそも本気にしていないのか。

藤島はマグの水面に視線を落とした。ここまで自分の言葉を真剣に聞いてもらえていないとは思っていなかった。今更だが少々ショックだ。そのままもれそうになる恨《うら》み言を、ため息にして細く吐き出す。

「じゃあ、明日中に荷物をまとめて出ていってくれ。明日まではいていいから」

「いや、だから、出発は明後日だけど?」

「それまでにこのマンションから出ていってくれって言ってる」

根気強くくりかえす。一心はようやく藤島の意図を理解したらしく、じわじわと目を見開いた。穴が空きそうなくらい凝視される。

「……ちょっと待って。昨日言ってたあれ、マジだったの?」

「冗談であんなこと言うわけないだろ」

「ちょっと感情的になってるだけかと……」

感情的? 感情的ってなんだ、まるで人をヒステリーみたいに。

そうやってカッとなること自体が「感情的」と言われるのだ。頭の冷静な部分ではわかっていたが、とても呑んではやれなかった。

「なんなら今すぐ出ていってもらってもいいんだぞ」

怒気を込めて睨むと、一心は慌てて首を横に振った。それから、おそるおそるたずねる。

「亮さん。それ、オレと別れたいってこと?」

「……わからない」

きっぱりと答えられなかったことを後悔した。案の定、一心がパッと表情を明るくする。

（くそ）

しくじった。この答えで「ふられる」という方向へ考えないのが、一心という男なのだ。

彼が何か言う前に、「だけど、」と制した。

「距離を置いて考え直したいのは本当」

「考え直すって、何を？」

「おまえとの関係について」

藤島の吐いた息が、チャイの濁った水面を揺らした。

「おまえが、俺の言うことを適当に聞き流してるのはよくわかったよ。だけど、今から言うことは、真剣に聞いてくれ」

藤島が思い詰めているのがわかったのだろう。一心は「うん」と答えて、ノートパソコンを閉じた。めずらしく真剣な顔でこちらを見つめる。藤島はちょっとほっとした。彼がまだ自分とまじめに向き合ってくれるつもりがあるのだということに安堵した。

「いろいろ言いたいことがあるから、ちょっとごちゃつくかもしれないが」と藤島は切り出した。

「うん」

「おまえとの関係を考え直したいと思ったのは、今回、おまえに連絡を取りたいと思っても取れなかったことがきっかけだ」

「はい」

「これは昨夜も言ったけどさ。俺は前から、どっか行く前に予定は教えてくれって言ってただろ？　いっそ事後報告でもいいから、最低限、連絡はつくようにしといてくれって」

「はい。ごめんなさい」

「煙草にしても」

　言いながら彼の顔をうかがう。「わかりません」「知りません」としらを切る表情に、消えたと思った怒りが再燃しそうになる。もう燃えるものは残っていないと思っていたのに。物騒な熾火《おきび》は、ため息で吹き消した。

「俺は、俺とつきあいたいならやめろって、最初に言った。一緒に住むって決めたときも、『俺と住みたかったら禁煙しろ』って言ったはずだ。おまえは約束したけど、結局守れないままだよな」

「や、……うん。ごめん」

「おまえは、過去に何度もそうやって謝ったよ。でも、煙草も、連絡しないのも、根本的なところで、おまえにはそれが悪いことだっていう意識がないんだよな。罪悪感がないから、俺の言葉が響かないし、何度だってくりかえす。だけど、おまえにとっては取るに足らないことでも、俺にとっては、どっちも大事なことだったんだよ。おまえのことが心配なんだ。おまえにとっては、真剣に聞くに値しないことなんだろうけど」

「そんなことない！」

「じゃあ、なんで守れないんだ？」

静かに見つめる。彼は口をはくはくと開いては閉じ、何事かを言おうとしていたが、出てきたのは「ごめん」の一言だった。

「もういい。何度も謝ったけど、おまえはどっちも守れなかった。大事な相手から嘘をつかれたり、ごまかされたりするのって結構堪《こた》えるんだ。毎回許してきた俺も悪かったんだろうけど、毎回裏切られて、腹を立てて、いちいち傷つく。大事な約束一つ守れないやつは、他の約束だって守れない。嘘を一つつくやつは、他にもたくさん嘘をつく。そう思われたってしょうがないんだよ。こっちは疑心暗鬼になるし、そのうち、どうせまたくりかえすんだろうって諦める。そういうの、俺はもう限界だし、おまえだって、帰るたびにガミガミ言われたら余計帰りたくなくなるよな」

「ごめん。ごめんって！」

悲鳴のように、一心が叫んだ。

「オレがだらしないせいで亮さんを傷つけてごめん。わかったから、今度からちゃんと連絡するから。煙草も今度こそやめる。本当に」

あんまり必死に言いつのるから、ついほだされそうになる。もうちょっと前にその顔が見られていたら。その言葉が聞けていたら、こんな話をしなくてもよかったかもしれない。

けれども、もう遅かった。

「もういいよ。おまえと俺じゃ価値観が違うっていうだけの話だ。だけど、そういう相手を、親に紹介できるかって考えたら……」

「親？」

一心が、けげんそうな声をあげる。そうだ。そんな話もまだできていないのだった。一緒に住んでいるというのに。メッセージアプリを使っている遠距離カップルのほうが、まだ会話ができているんじゃないだろうか。

なんだか滑稽で笑ってしまった。諦めたような笑みになった。

「父さんが倒れたんだ」

藤島が言うと、一心は「えっ」と目を見開いた。

「いつ？　大丈夫なの？」

「二週間前。大丈夫だ」

「二……っ」と言いかけて固まった彼は、藤島がメールをした理由をやっと理解したのだろう。後悔する顔になったが、今更だった。

「べつに深刻な話じゃない。父さんはもう退院したし、先週から職場にも戻ってる。けど、もう老い先短いし、ゲイの息子の先行きが不安だから、ちゃんとした相手がいるなら連れてきて紹介しろって言われた」

「行くよ、オレ」と、一心は即答した。

「お父さんたちに会わせてよ」

藤島はまじまじと彼を見た。「相手の両親にあいさつ」なんて、男女カップルでも面倒くさいイベントだ。ましてや、しがらみを嫌う彼が即答するとは思っていなかった。

「いやじゃないのか？　俺のパートナーですってあいさつするんだぞ」

「いやなわけないだろ。亮さんこそ、何がいやだって思うんだよ」

「だって………まあ、おまえがいいならいいんだけど」

歯切れ悪く下を向く。彼の反応にはほっとした。だが藤島側の問題として、今、彼を両親に紹介したいかと問われると答えに窮する。

本当に、自分はこの先、この男と人生を共にするのか？　できるのか？　したいと思うのか？

一緒に住んでいるのに、滅多に会えない。連絡もろくにない。無事すらも確認できない。わずかな逢瀬《おうせ》に体を重ねる情熱もなく、自分の真剣な話は聞き流される。

今の自分たちは「なんとなく」一緒にいるだけだ。「別れる理由がないから」別れないだけ。それは両親に紹介するに値する関係か？

「……ごめん。やっぱり、ゆっくり一人で考える時間がほしい」

それは、藤島の偽《いつわ》らざる本心だった。

「今すぐ別れたいってわけじゃない。ただ、おまえを待つばかりじゃなく、おまえといったん距離を置いて、これからの人生について考える時間がほしいんだ。おまえにも、ちゃんと考えてほしい」

「いやだ！」

一心が吠えた。

「そうやって亮さんが一人で考え込むときって、まず前向きな結論になることがない。一人でぐるぐる悪いことばっかり考えて、後ろ向きな結論を出すんだ」

ぐさっと来た。確かに自分はそういうタイプだ。そこがコンプレックスでもある。藤島も一心も、だてに二十年一緒にいるわけじゃない。互いにいいところも悪いところも知り尽くしている。

今まで一心から指摘されたことはなかったが、そう思っていたのだと思うと余計に堪えた。

「……そうだな」

言い返すこともできず、自嘲する。一心はハッとした顔になり、おろおろと付け足した。

「いや、オレだってちゃんと反省するし、考える必要があることはちゃんと考えるけど。でも、こんな状態で亮さんと離れるのはいやだ」

悲愴な声だ。どんな感情からかは知らないが、彼が藤島を惜しんでくれているのはわかる。でも。

「……俺に報告もなく、明後日からまた添乗に行くつもりだったくせに。そしたら、また何ヶ月も帰ってこないんだろ」

「亮さん」

「ごめん。だけど、こんな気分でおまえを待つの、もう疲れた」

両手で顔を覆った。

確かに、藤島一人で考えていたら、自滅する可能性は十分ある。だが、これ以上一心と話し合っても、よくて平行線、へたをすればこのまま別れ話になりそうな気がした。藤島はそれがこわかった。自分からこんな話を持ち出しておいてと思うが、彼と別れるのはこわいのだ。ただ、現状のままではもう続けていけないから、互いにこれからの関係をどうしたいのかをきちんと考えて、話し合って……うまく落としどころが見つけられたらと思っている。

「ごめん。頼む、一心」

手のひらの外の世界すべてを遮断してしまった藤島に、彼がため息をつくのが聞こえた。

さて、藤島の家にはベッドが一台しかない。これにはいろいろと紆余《うよ》曲折《きょくせつ》がある。

一心とつきあい始めたとき、藤島はまだ院生で、学生向けの1Kアパートに住んでいた。一心は自宅住まいの高校生だ。映画とか買い物とか、たわいもないデートの終わりは、いつも藤島の家だった。シングルのパイプベッドでセックスし、そのまま折り重なるようにして眠る。狭苦しかったが、それに対する文句すらも、当時の二人にはしあわせと同義語だった。

就職を機に、藤島が引っ越しを決めたとき、引っ越し先のことで少しもめた。地元の大学に進学が決まっていた一心はルームシェアをもちかけてきたが、藤島は就職一年目で彼の私生活まで面倒を見られるか自信がなかったし、なによりつきあって一年もたたずに同棲するのは、藤島の心が決まらなかった。生来的に同性愛者である藤島にとっては、同棲は結婚とほぼ同義だったからだ。

結果として、一心は実家から大学に通うことになり、藤島は今の単身者向けマンションに引っ越してきた。1LDKの部屋に、ベッドは当然一台しか置けない。だが、社会人にとって休養は重要だ。セックスをしたあとも心おきなく眠りたい。つきあって半年もしないい間にガタがきてしまったシングルサイズのパイプベッドを捨て、広くて寝心地のいいベッドに買い換えた。寝室のほとんどを占領してしまう巨大なベッドが部屋に運び込まれた日、二人はベッドの上でふざけてはしゃいで笑い転げ、のびのびと心ゆくまでセックスした。

以来、藤島はずっとこのマンションに住み、マットレスは何度か買い換えたものの、同じベッドで眠っている。

八年前、大学を卒業した一心が身一つで部屋に転がり込んできたとき、今度は藤島がルームシェアを提案した。曲がりなりにも社会人同士になったことだし、できれば3LDK、せめて2LDKくらいの部屋で、それぞれ自室をもったほうがいいのではないかと思ったのだ。

だが、一心はこの部屋がいいと言った。

「この部屋居心地いいし、思い出もいっぱいあるだろ。それに、亮さんがこの部屋を気に入ってることも知ってる」

「ああ」

それは、確かにそのとおりだった。日当たりのいい南向きの五階、角部屋。職場からほどよい距離で、生活する上でとりたてて不便もなく、静かな環境は住みよかった。

「オレ、あんまり家にいないから、亮さんの邪魔にはならないだろうしさ。一緒にいるときは、ずっとくっついていられるくらいのほうがいいよ。ベッドが一個しかなかったら、喧嘩しても仲直りがしやすいって言うじゃん」

へへっと照れたように笑って言われ、きゅんとした。「あんまり家にいない」とか、「喧嘩しても仲直りがしやすい」とか、落ち着いて考えたらいろいろと問題のある発言にときめいて、しあわせだなぁと思ってしまうくらいには、八年前の藤島はまだ彼に恋をしていたというわけだ。

（八年前の俺のバカ）

藤島は今、心から後悔していた。

すりっと脚同士がこすれ合う。キングサイズのベッドだ。いくら平均身長以上の成人男性二人でも、互いに接触を避けようと思えば可能である。それにもかかわらず、こうも体が触れあうのは、どちらかが意図してやっているからに他ならない。

「……おまえ、距離をおきたいって言ってる相手に、よくこういうことしようって気になるな」

眺めていたスマホのネットニュースの画面を消し、藤島はすり付けられていた脚を蹴りやった。

一心は『星と祭』の文庫本を片手にベッドに転がり、「ひでえ」と笑っている。読書灯が照らし出す彼の顔には、まるで反省の色がない。セックスでご機嫌を取れると思っているのか、あわよくばうやむやにしようともくろんでいるのか、とにかくろくなもんじゃなかった。

「いいじゃん。せっかく同じベッドにいるんだからエッチしようよ」

「却下」

「えー。一つベッドに入った時点で、同意したってことじゃないの？」

「やっぱおまえ今すぐ出ていけ」

「やだよ。オレ、亮さんと別れるのは絶対いやだから」

きっぱりと言い返す彼に少し怯《ひる》む。

「……なんで？」

藤島の質問に、一心のほうがわけがわからないという顔になった。

「なんでって、好きだからに決まってるだろ」

「す……っ」

「好き」と言われた。「好き」って！

「……おまえ、いきなりそんなことペロッと言うなよ。びっくりするだろ……」

動揺し、赤くなった顔を枕に突っ伏す。「好き」だって——何年ぶりだ？

当の一心は、「え？　なに？」とふしぎそうにしている。

「オレ何も変なこと言ってないよね？」

「いや、あんまりひさしぶりだからちょっと……。え、好き……？」

藤島は頭を抱えた。

どうして一心は、迷いなく「好き」と言えるんだろう。彼には今の関係がどんなふうに見えているんだろう。彼が以前ほど藤島に興味を抱かなくなったのは気のせいじゃない。ふらふら出ていってしまうのも、連絡しないのも、帰ってこないのも、藤島を抱こうとしないのも、全部彼のほうなのに。

藤島の動揺ぶりに、一心は顔をゆがめた。

「ちょっと、そんなところから疑われてんの、オレ？」

「いや。疑ってるわけじゃ……」

「じゃあ、亮さんはなんでそんなにぐるぐるしてんの？　オレのこと嫌いになった？」

――いや、そんなことはない。

すぐに答えが出てしまう。そんな自分に、藤島は小さく自嘲した。

「……好きだよ、たぶん」

「『たぶん』って何。そこは『好きだ』って言い切ってよ」

「嫌いじゃない。たぶん好きだと思う。だけど、その『好き』がどういうものかよくわからなくなってるから、ゆっくり考えたいって言ってる」

もぞ、と一心が身じろぎした。キングサイズの上掛《うわが》けの中、うつ伏せで顔だけこちらに向ける。読書灯の光の輪の中、二つの大きな垂れ目がきらめく。

「それは亮さん一人で考えないといけないこと？　二人で一緒に考えるんでもよくない？」

藤島は眉を寄せ、口元だけで笑った。この前向きさと柔軟さは、人間として好ましいと思うが。

「どのみち明後日には出ていくくせに。一緒に考える時間もないだろ」

「今でもいいじゃん。話してよ」

一心はやけに食い下がってくる。無理に話を打ち切るほうが面倒くさい気がして、藤島は口を開いた。

「じゃあ、言うけど。おまえは俺のこと『好き』って言うけど、おまえの『好き』って、どういう好きなわけ？」

思いがけない質問だったのか、一心は「え」と目を丸くした。

「えー。そりゃ、好きは好きでしょ？」

照れたようにへらっと笑う。ごまかされた。がっかりしたが、気持ちはわかる。小っ恥ずかしいよな、いい年した大人がこんな話。藤島だって恥ずかしい。けれども、今藤島がしたいのは、その「好き」の話なのだった。

上を向く。オフホワイトの天井を、夜の闇と読書灯のオレンジがやわらかく塗り分けている。

すりすりと脚をこするぬくもりを――まあ、その、お誘いについては保留するとして――本当は心地いいと感じている。人間としての「好き」も、生理的な好感も変わっていない。それでも、あえて変わった部分について考える意味はあるんだろうか？

「俺も、単純に好きか嫌いかって聞かれたら、おまえのこと好きだよ。だけど、今の気持ちは、おまえとつきあい始めた頃の『好き』とは違う」

　言葉の理解に費《つい》やされた数秒後、一心は「うん」と相槌《あいづち》を打った。少し意外だ。一心なら「二十年前も十五年前も今も変わらず亮さんが好きだ」くらいは言うかと思っていた。

　視線を彼のほうに向ける。

「おまえもそう?」

「うーん……好きなのは、絶対好きなんだけど」

「でも、同じじゃない?」

　隙あらばしていたキスを、いつからかしなくなった。じゃれあうようなハグやボディタッチも。嫌いになったからではなく、ただなんとなくそういう気分にならなくなっただけだろうということは藤島にもわかる。藤島も一緒だからだ。この家にいる時間が短くなったのも、セックスの回数が減ったのも、「なんとなく」であって悪気はないのかもしれない。だが、つきあいたてのあの頃は、そんなもったいないことはできなかった。好きで好きで、体のどこかで触れあっていたくてたまらなかった。この変化を「同じだ」とは言わせない。

　その点は彼も否定はしきれなかったらしい。ずいぶん間をおいてから、ぽつりと、

「うん」

　同意が落ちた。なぜかほっとしたのは、たぶん、彼が真剣に、ごまかすことなく考えて

くれているとわかったからだ。

だから、藤島も一歩核心に踏み込んだ。

「それって、本当に好きなのか？　親にパートナーですって紹介するほど？　ただの惰性《だせい》とどう違う？」

――「なんとなく」「別れる理由がないから」一緒にいるなら、「なんとなく」「一緒にいる理由がないから」別れてもいいんじゃないか。

そこまで言ったら、一心は考えずに否定してしまうだろうから、あえて呑み込む。

「えー……う――ん……」

一心は困り切った声でうなった。上掛けの中、そろっと手が這い寄ってくる。

「一心」

避けようとする手を上から握り込まれた。その強引さに少し驚く。彼はこちらを向いて吠えた。

「わっかんねぇ！　から、オレもちょっと考える！　けど！　オレは、亮さんがそういうこと悩んでるのも、本当に好きじゃないかもって思われてるのも、お父さんお母さんに紹介してくれないのも、傷ついた！」

そう言って、鼻を啜《すす》る彼の顔のなさけないこと。藤島は思わず噴き出した。

わからないことを、開けっぴろげに「わっかんねぇ！」と言ってしまうのは子供っぽいが、

裏表がないとも言い換えられる。そのわからないことを、藤島のために「考える」と言ってくれるのは愛だと感じた。彼は愛想はいいけれど、誰も彼もに情を抱くタイプではない。どうでもいい相手にはうまく距離をとってスルーする。そういう世渡りのうまさを、本能で身につけている。

藤島の気持ちが揺らいでいることに「傷ついた」と怒るのは、逆に言えば、藤島の気持ちが自分から離れる可能性など想像もしていなかったということだ。今の彼は、なんとなく、好きだ好きだとめげずにアタックし続けていた十代の頃を彷彿《ほうふつ》とさせた。藤島がほだされ、惚れた頃の一心と、今の彼は、当然だが同じ人物なのだ。

「亮さん」

「いや、悪い……」と、言いつつ、藤島は視線をそらした。泣きそうな彼と目を合わせていると、ほだされてしまいそうだ。そういう藤島をわかっているから、一心もたたみかけてくる。

「本当に、今度からちゃんと連絡するし、煙草もやめる。だから、出ていけって言わないで」

「……」

そこまで言うならもういいかな——と、一瞬思いかけ、我にかえった。

（いやいやいや、ほだされるなよ俺！）

ここでほだされたらいつもと同じだ。そして、また数ヶ月後、もしくは数年後に同じことをくりかえすのは目に見えている。今までどれだけ我慢して、ほだされて、流されてきたのかよく思い出せ。今回こそは決着をつけるのだ。

藤島は額に手をあてた。

「さっきも言っただろ。できないことを約束するな」

「できる！」

「無理だよ。おまえ、人に強制されるのダメだろ。わかってるのに、おまえを縛り付けたいとは思わない。おまえはおまえのやりたいように生きればいいよ。それで、やっぱり続けられないって結論になるなら、元から相性が悪かったってことだ」

「いやだ。『うまくいかない』とか『相性が悪かった』とか言うなよ。そりゃ、束縛されんのはいやだけど、でも、亮さん以上に大事なことなんかあるもんか！」

食い下がる一心の言葉がうれしかった。彼はこういうご機嫌取りはしない。今の言葉は今の彼にとって真実なのだろう。だが、それは明日にも変わってしまうかもしれないことを、藤島は知っている。

このままではほだされてナァナァになる。危機感から、「じゃあ」と、爆弾を投げつけた。

「俺が、もうどこにも行くな、離れるな、ずっとそばにいろって言ったら？　おまえ、どうするんだよ。そんなの無理だろ？」

「――」

一心は言葉を失った。

(ほらみろ、無理なんだ)

呆然とする彼の顔を見て、どこかで傷ついている自分にあきれる。だから、できない約束はするなと言ったのに――とは思ったが、そこまで追い打ちをかけるほど意地悪でもなかった。

いいのだ。一心が聞いてくれるとは、最初から思っていない。ある意味、答えがわかっていたから投げ込めた爆弾だ。予想どおりの反応が返ってきたというだけだった。

「……悪いけど、明日も仕事あるから。もう寝る。おやすみ」

胃のあたりが重かった。握られていた手を引き抜いて腹をさする。

温まっていたはずの指先は、ひんやりと冷たかった。

3

「あ、降ってきた」

呟いたのは稲川だった。

定時過ぎの昇降口。中垣内も合わせて三人、空を見上げる。放課後は教育実習生二人に手伝ってもらって、社会科準備室の資料整理をしていた。ブラインドの隙間からのぞく空模様があやしくなってきていたから、二人を早く帰そうと思ったのだが。

ぽつぽつと降りだした雨は、バス停まで歩くあいだに本降りになりそうだった。

「傘持ってないのか？　事務室に予備の置き傘があるはずだから聞いてみるといい」

「そうします。ここで失礼しますね」

「お疲れさま」

校内に戻っていく稲川に声をかけ、鞄から折りたたみ傘を取り出す。中垣内がさりげなく寄ってきた。

「先生、用意がいいっすね。入れてってくださいよ。ついでに飲みに行きましょう」

「何言ってるんだ。おまえも傘借りてこい。じゃ、お先」

ちぇーっと口をとがらせる彼を残し、雨の中へ踏み出す。降り始めの、むわっと埃っぽい匂い。もう夏だ。

今朝の情報番組が流す天気予報の降水確率は三十パーセントだった。傘を持って出るか出ないか悩ましいボーダーライン。だけど、洗濯物を干していた一心が、空を見ながら「念のため、傘持っていきなよ」と言ったから、折りたたみ傘を鞄に入れた。彼はそういう動物的な勘がめっぽう鋭い。

バスに乗り込み、濡れた傘をしまってから、スマートフォンを取り出した。少し迷って、一心にメールを送る。〈まだ家にいるのか?〉――昨日と一言一句同じ文面。昨日は「『出ていけ』と言ったのに」まだいるのか? の意味だった。今日は、「あんな束縛するようなことを言ったけど」まだいるのか? だ。

一心からは、やっぱりすぐに返事があった。

〈いるよ。今晩はビーフストロガノフ、マッシュルームのピラフ添え〉

その返事に、無意識に詰めていた息をほうっと吐き出す。

(……ビーフストロガノフね)

一心がロシアで覚えてきたそのレシピが、ここ数年では一番藤島の好みだった。ハヤシライスに似ているが、トマトのとがった酸っぱさがなく、牛肉たっぷりで、飴色《あめいろ》タマネギのコクが深い。藤島が手放しで褒めてから、一心はよく作ってくれていた。

見え透いたご機嫌取りだ。食べ物で懐柔《かいじゅう》しようとする浅はかさにあきれるし、できると思われているとしたらちょっと腹が立つ。いい大人が、一度決めたことを晩飯くらいで変えるものか。……と、思いながらも、一心はまだ自分の「ご機嫌」を取ってくれるのだ、そのくらいの執着は残っているのだと思うと、ほっとしてしまう自分もいる。

なにせ、一心は本当に縛られることが大嫌いなのだ。

中学時代、「先輩と廊下ですれ違うときは端に寄って頭を下げる」という謎ルールを無視し、上級生ともめたことは一度や二度ではなかった。二年のときなど、腹を立てた三年生に階段から突き落とされ、利き腕を骨折したこともあったが、それでも彼は自分の信念を曲げなかった。

彼が高校を選んだ基準は、偏差値でも自宅からの距離でも制服の好みでもなく、自由度だった。必要最低限の登校日数をクリアし、単位さえ取れば、服装もアルバイトも自由な学校を自分で見つけてきた。

そんな彼の「縛られたくない」本質は、今日まで変わっていない。昨夜の藤島の発言を嫌い、自分から出ていっても、まったくふしぎではなかった。距離をおくどころか、一足飛びに彼にふられる可能性だってあったのだ。

ほっとして……ほっとしてしまった自分に気づいて、藤島は雨に濡れる車窓にため息をついた。

束縛したくないと言いながら、結局、自分は「もう我慢できない」という一線を一心に譲歩してほしいのだ。別居はそれをナァナァで済ませないための手段であって、目的ではないのだった。

〈もうすぐバス降りるけど、何かいるものあるか？〉

〈ウォッカ〉

〈わかった。買って帰る〉

やりとりをしながら、少し足取りが軽くなる。つまり、自分は彼からこういう連絡が欲しいのだと、藤島は思った。

無事だ。帰る。一緒に食べる夕飯を楽しみにしている。離れていても、あなたのことを忘れているわけではない。あなたのいるところが自分の帰るところだと思っている。――そういう気持ちを、少しでも伝えてくれたら。それだけのことでも、一心相手では高望みなのだろうか。

裏の輸入食材屋でウォッカを買い、家に帰った。今日もドアを開ける前から、ふくふくとあたたかな料理の匂いに迎えられる。

「ただいま」

「おかえり。雨降ってきたね」

「傘持って行くよう言ってくれて助かった。はいこれ」

輸入食材屋のビニール袋を掲げて見せると、一心は鍋をかき混ぜながら、「おー、ありがと」と、うれしそうに笑った。

ウォッカをカウンターに置きながら、一心の手元を見る。夕飯はあらかたできあがっていた。タマネギと牛肉の匂いに、藤島の腹がキュルと鳴る。なんとなく胃がすっきりせず、昼はきつねうどん一杯で済ませたので、今は空腹の限界だった。

「うまそうだ」

「亮さん、好きだって言ってたから」

「おまえ、明日からまた添乗なんだろう。こんな手の込んだもの、ゆっくり作ってて大丈夫なのか？　髪は？　明日染める時間あるのか？」

藤島がたずねると、一心はピラフを皿によそう手をとめて、こちらを見た。

「大丈夫。明日からのネパール、他の人に代わってもらった」

「……は？」

藤島は目を見開き、固まった。完全に寝耳に水だ。

「ちょっと待て、おまえ、代わってもらったって……」

「反省したんだ。今はちゃんと亮さんと向き合おうと思って」

その瞬間、ぎりっと胃がねじれた気がした。

確かに「もうどこにも行くな、離れるな、ずっとそばにいろ」と言ったのは藤島だ。だが、あれは断られるのが前提の、しかも仮定の話だった。まさか本気で仕事を断るとは思っていない。数日前まで、ふらふらふらふら、舵《かじ》も錨《いかり》もない船みたいに世界を漂流していたくせに。

――ダメだこれは。

ふつふつと湧いてきた苛立ちとも失望ともつかない感情が、口から衝動的に飛び出そうとするのを必死で抑えた。

「一心」と呼ぶ。よく聞きなさい、の気持ちをこめて。

長年の経験からか、一心は藤島自身もはっきり言語化しきれない感情を一瞬で理解した。ぴっと背筋を伸ばしてから縮こまる。

「……はい」

まあ、これだけで説教の大半は終わったようなものなのだが、ここははっきり釘を刺しておかなくてはならない。彼の仕事や収入と直接関わる話である。

それでも頭ごなしにならないよう、一拍おいた。一心の目を見つめて口を開く。

「おまえね、……いや、まず俺の反省からだな。衝動的に『どこにも行くな』なんて言って悪かった。まさかおまえが呑むとは思ってなかったってのもあるけど、軽率だった。仕事は別だ。ただでさえ不安定な仕事なんだから、もらった仕事はちゃんとやらなくちゃダメだろう。派遣の添乗員がドタキャンなんかしてたら職を失うぞ」

藤島が静かに言い聞かせる口調で言うと、一心はうなだれた。ご主人様の顔色をうかがう犬みたいな目つきでこちらを見てくる。

「仕事はやるよ。今回は、たまたまタイミングよく、自分が行きたいって人が見つかったから……」

「それでもだ」

「……はい」と、ひとまずうなずき、一心は「でも」と視線だけを上げた。

「昨日も言ったけど、亮さん以上に大事なことなんかないから。ほら、最近二人でゆっくりする時間も取れなかったし……」

「それは、おまえが仕事外でふらふらふらふらしてるからだろ」

とうとうため息をついてしまったが、これはもうしょうがない。噛んで含めるように続けた。

「これも昨日言ったけど、俺はおまえを縛り付けたいわけじゃない。おまえにそんな気を遣わせてると思うと、それこそ自分もおまえも嫌いになりそうだから、本当にやめてくれ。次はちゃんと仕事に行くんだ」

頭ごなしな言い方に、一心がふてくされた顔で言い返す。

「『距離を置きたい』とか言ってる亮さんを置いて行けるわけないだろ」

「それでも、まともな大人なら行くんだよ。行けよ。それが仕事をするってことだ。だいたい、普段からあれだけ飛び歩いといて、今更何言ってる」

「だからだよ」と一心は食い下がった。

「オレがふらふらしていられたのは、亮さんとの関係がうまくいってると思ってたからだ。どんなに飛び歩いても、この家で亮さんが待っててくれるって甘えてたから……。オレはほんとにいいかげんだけど、自分にとって亮さんがどれだけ大事かはわかってる。今回は本当に反省してるって、態度で示したくて……」

「……」

幼い。どうにもこうにもやり方が幼い。こいつ、高校生の頃から中身が成長していないんじゃないか。

本気で思ったが、イラッときた瞬間、胃がひっくり返ったかのように気持ち悪くなったので、罵詈雑言《ばりぞうごん》が飛び出すことはなかった。無意識に口を押さえる。

「いいかげんなところを直したいって言うなら、まず、おまえのその突拍子もない思いつきで行動するところとか、事後報告とかをどうにかしたらどうだ？　いつもいつも自分で勝手に決めてから報告してくるけど、先に一言相談してくれてもいいんじゃないか？」

「それは、………ごめん」

藤島は食器棚からコップを取り出し、水道の蛇口から水を汲んで飲んだ。胃のむかむかは治まらなかったが、気分は少し落ち着いた。

「……そもそも、俺は『出ていってくれ』って言ったんだ。おまえのやってることは全然俺に向き合ってないぞ」

藤島の言葉に、一心がパッとこちらを振り向く。

「オレ、絶対出ていかないからね!?」

理由は「好きだから」って言うんだろう。昨日も聞いた。でも。

「それはおまえの主張だろ」

「でも、こうなった原因は、亮さんとちゃんと向き合う時間を取らなかったからだろ？昨日も言ったけど、オレは、亮さんが悩むなら、一緒に悩みたいと思ったんだ」

「……」

だからって、と言いかけ、やめた。堂々めぐりだ。議論の着地点が見えない。自分たちは、以前からこんなに話が噛み合わなかっただろうか。

黙って、水を飲んだコップを洗う。スポンジに洗剤をつけてこすっても曇りが取れない。気になりだすともうダメで、プラスチック製の水切りカゴに水を張って漂白剤を入れた。つんと鼻を突く塩素系漂白洗剤の匂い。コップと、ついでに汚れが気になる食器をいくつか沈める。

つけおき漂白なんて、食事の準備と同時進行することじゃない。藤島もわかっているが、イライラが募《つの》ると強迫的な掃除衝動を止められなくなるのだ。知っている一心は何も言わず、藤島の好きにさせてくれる。そのことに、ほっとする。

彼がピラフの皿にビーフストロガノフをよそうと、神経質な漂白剤の匂いが打ち消された。テーブルにただようのは、タマネギとバターの甘い匂い。

「いただきます」

胃が重いながらも食欲をそそられ、口に運んだ。非の打ちどころのない、完全に藤島好みの味だ。おいしいのはもちろんおいしいのだが、舌よりも脳が直接喜ぶ感じがした。

飲み込むと同時にため息がもれた。何のため息なのか、自分でもよくわからなかった。

口から勝手にこぼれ落ちた言葉は、

「おまえと十五年つきあってきて、いろいろ、他じゃ得られないものも間違いなくあるよな……」

一心がスプーンを持つ手を止めてこちらを見る。

「どうしたの、急に」

「いや、なんとなく……」

流そうとして、やめた。せっかく一心が仕事を休んでまで、自分と向き合おうとしてくれているのだ。やり方はどうかと思うが、機会を無駄にしたくはない。

とはいえ、自分の中でもまだはっきり言葉になっていない思いを、どう言い表せばいいのか。藤島は、慎重に言葉をさがしながら口を開いた。

「……おまえは、俺がいきなり食器の漂白を始めても文句を言わないし、このビーフストロガノフは本当に俺の好きな味だし……」

「紅茶の趣味も、コーヒーの飲み方も、お互い言わなくてもわかってるし？」

茶化すような口調で、藤島の言いたいことを言い当てる。そういうところだ。

藤島はもう一つため息をついた。今度は、はっきりと「降参」の意味だった。

「一人で生きていくのは寂しいけど、今更他の人と一緒に生きていくビジョンなんか浮かんでこない。おまえとのような関係を、『はじめまして』の相手と一から築くとか、正直、俺の年齢じゃ、想像するだけでもきついよ。ていうか、ぶっちゃけ、こんな話をしてること自体面倒くさい。十五年やってこれたんだ。流されて、ちょっと我慢して、収まるとこに収まっときゃラクだってのはわかってる。……けど、それじゃ俺は面倒がいやだから、おまえとつきあってるのか？『なんとなく』『別れる理由がないから』別れないのか？　それで、いつかまたこんなふうに、ごまかしたしわ寄せをまとめて爆発させるのか？　なら、今ちゃんと考えたほうがよくないか……って、いろいろ考えてたら、なんかもう、自分でもどうしたいのか、わかんなくなってきた」

「その、限界まで不満を溜め込んで、いきなりまとめて爆発させるのはやめてほしいんだけど、」と切り出した彼を睨む。

「オレが約束を破らずに、ここでおとなしくしていればいいんじゃない？」

なんでもないことのように言うから憎たらしい。それが苦もなくできる相手なら、藤島も最初から悩んでいない。

「言っただろ。おまえを縛り付けたいわけじゃないんだ。むしろ、自由にしていてくれなきゃいやだ」

一心には、心のままに自由にのびのびと不満に思うことなく生きて、その上で、自分のそばにいてほしい。つまり、藤島の望みは、彼が自分から望んで藤島のそばにいることを選んでほしいということだ。

（って、なんだそりゃ）

自覚して、じわじわと赤面した。自分で言っておきながら、自分の強欲にあきれる。あれもいや、これもいや。自分だって、大人らしく見せかけているだけで、中身は年甲斐もなく子供っぽい。

藤島の心を読んだように、一心が破顔した。

「わっがまま！」

「わかってる」

顔をしかめる藤島を、一心がテーブルの向こうから見つめてくる。「わがまま」と言いながら、頬杖をつき、目を細める彼の表情はやわらかかった。そこに嫌悪感が見受けられないことに安堵する一方で、その余裕は癇《かん》に障《さわ》る。

「……なんだよ」

「ん？　亮さん、かわいいなって」

「どこが？」

突っかかるような聞き方になってしまった。が、本当に、心の底から聞きたい。今のなさけない話の、いったいどこが？　かわいくなんてない。ただただ面倒くさいだけだ。自分でだってわかっている。

自己嫌悪で頭を抱える藤島に、一心はこらえきれないというように、ふふふと笑った。

こちらはこんなに悩んでいるのに。睨むと、彼は困ったように眉を寄せながら、片手でゆるんだ口元を隠した。

「亮さん、そういう、まじめ過ぎて自家中毒になっちゃうの、二十代くらいまではしょっちゅうだっただろ。なんか思い出しちゃって。あの頃は、オレも子供だったから、正直面倒くせーとか思ったりもしたけど、今は、まじめに悩んでんのかわいいなって思うし……。こうやって、ちょっとずつ話してくれたらオレも安心できるし、一緒に考えられるから」

声音に隠しきれない喜色と笑いがもれている。「かわいい」というのは本音らしい。反応に困り、藤島は視線をそらした。

リーチの長い腕が伸びてくる。一心の手は藤島の頭を一撫でした。大人が子供を褒めるように。ベッド以外ではあまりない行動にドキリとする。

そのまま彼の手は髪の分け目のあたりでごそごそし、チクッと小さな痛みがあった。

「ッテ。何？」

目の前に突き出された手には、白髪が一本。

もう片方の手で頬杖をついたまま、一心は笑みを深くしてこちらを見ている。

「そうやって、何でもまじめに考えるのは亮さんのいいところだけど、もっと気楽に考えてもいいんじゃない？　って、オレが言うのもあれだけど」

「わかったようなことを言うな」とは言えなかった。彼は、本当にわかっているのだ。もっと気楽に生きられればいいと藤島自身が感じていることも、できないことも。だからこそ、一心の自由さに腹を立てながらも強く憧れてしまうことも。

藤島は思わず視線をそらした。中一での出会いから数えたら、二十年にも及ぶつきあいだ。藤島の中の一心は今でも「年下の少年」なので、こうして三十三の顔を見せられると、そのギャップにドキッとする。

ふふっと一心がひそやかに笑った。いけないことをそそのかす大人の顔で。

「昨日はお断りされちゃったけど。ちゃんと話し合った上でなら、こうやっておいしいものを食べて仲直りするとか、セックスして水に流すとか、そういうのも、亮さんとならありだとオレは思うんだよね。亮さんは、ナァナァにしたくないのかもしれないけど」

「それは……」

いいかげんなことを言うなと突っぱねることはできなかった。

父親ゆずりの融通の利かなさは、藤島も自覚している。小学生の頃から「おまえはまじめすぎる」と言われ続け、思春期前から父を横目に、自分はああはなりたくない、もっと柔軟に、軽やかでありたいと願っていた。心がけているつもりなのに、四十前になっても自分はあの父に、いやになるほど似ているのだ。杓子定規《しゃくしじょうぎ》でおもしろくない。常に遠慮のない子供の目にさらされている仕事だから、彼らの評価を通して、自分のこともある程度は客観視できている。

社会の枠にはまれなくて、連絡さえまともにできなくて、勝手気ままで子供っぽい一心と、何でも一人で抱え込んで、ぐるぐる突き詰めて考えてしまう、後ろ向きで融通の利かない藤島。

でも、一心の何ものにも縛られない振る舞いは、藤島にまで自由の風をもたらしてくれる。その爽快さ、おおらかさに憧れずにはいられなくて、その数え切れない欠点ごと丸々呑み込んで、藤島は彼を好きになった。

神経質なくらいまじめで考えすぎるところは、藤島のコンプレックスだ。それを、一心は「いいところ」と言ってくれる。そんな彼とだから、長く続けてこられたのだ。今も、「長く一緒にいてわかりあっている大人同士だからこそ、ちょっとずるいラクをしてもいいんじゃない？」と持ちかけてくる彼は、とてもやさしく、力の抜きどころを藤島に教えてくれている。

たぶん今も、藤島が何を考えているかなど、彼にはお見通しなのだろう。藤島が今、彼の顔を見て、「あ、こいつ調子にのったな」とわかるのと同様に。

「惚れ直した？」と聞かれた。「まあな」と答えた。

「じゃあ、今夜はしていい？」

ちょっと悪い笑みで聞かれる。大人の愛嬌を感じさせるファニーフェイスには、そういう表情がよく似合う。見慣れぬ南国ブルーの髪の男。ドキッとしてしまった。やっぱりもう、それでもいいかな、なんて。

（……いやいやいやいやいや）

いいわけがない。ここで流されたら、絶対、すべてがなし崩しになる。藤島にはその確信があった。

過去ここまでこじらせたことはなかったが、小さなわだかまりなら数え切れないほどセックスで押し流してきたのだ。

新鮮味はなくても、互いの体を知り尽くした快感と安心感に、心も体もほどけきってしまうセックス。ちょっとイライラしていても、一心に触られるとトロトロになって、なんで怒っていたのか忘れてしまう。後ろなど開発されすぎて……。

「あれ、エロいこと考えてる？」

顔を覗き込むようにしてニヤリと笑われ、無意識に彼とのセックスを思い返していたことに藤島は気づいた。

図星《ずぼし》だったが、正直に教えてやるわけがない。

「エロいことを考えているか」だって？

（ほんっと、バカ）

今の一言が違っていたら、もしかしたら、藤島は流されていたかもしれなかったのに。

ほっとしているのか、がっかりしているのか、自分でもよくわからない。

ため息とともに「ねぇよ」と毒づいて、藤島はテーブルの下でもてあまされている脚を蹴った。


一心がいた。まだつきあいだしたばかり。二十歳になる前の一心だ。髪が焦げ茶色をしている。この頃の彼はカフェでバイトをしていたから、まともな髪色を保っていた。

その姿を見た瞬間、「ああ、夢だな」と気がついた。こういう夢、なんて言うんだったっけ。明晰夢《めいせきむ》？

夕飯時に、うっかりきわどいことを考えかけたせいだろうか。同じベッドで寝ているのに、夢にまで出てくる。おまえ、ちょっとでしゃばりすぎじゃないか？

「先生」

呼ばれて、はっとした。大人になってからのつきあいが長すぎて、すっかり忘れかけているが、藤島は彼にも五年間、「先生」と呼ばれていたのだった。

今でも藤島は「先生」なので、その呼称に特別な感慨はない。そういえば、一心はいつ自分を「亮さん」と呼ぶようになったのだろう。今ではあたりまえの呼び名。彼は親しい友人などは基本呼び捨てにしているが、藤島のことは「さん」付けで呼ぶ。それがなんとなく彼にとって自分が特別な存在なのだと示しているようで、藤島は「さん」付けで呼ばれるのが好きだった。

「先生」

藤島がぼんやり考えていた隙に、彼はぎゅうっと抱きついてきた。藤島より背が高いくせに、「抱きついてくる」としか言い表しようのない抱擁《ほうよう》。子供っぽい。でも、そのハグが好きだった。今ではほとんどしなくなってしまったけれど。

なつかしくなって、藤島も彼の背中に手を回した。骨格はできあがっているが、まだどこか肉が薄い印象の体。

（そういや、こいつ、子供の頃はこんなだったか）

覚えているものだなと思う。まるで昔を惜しむように。

「先生？」

「何？」

「先生、好き」

「四十路《よそじ》秒読みのおっさんだぞ」と苦笑した。なんだか犯罪めいている。現実では、彼がこのくらいの年のとき、藤島はまだ二十代半ばだったが、この夢だと親子ほども年が離れている。おまけに彼は教え子たちとほぼ同い年ときたら、後ろ暗い気持ちにならないわけがなかった。

　腰が引けぎみの藤島に対し、幼い一心は熱烈だった。ささやく合間に何度も何度もキスしてくる。頬に、眉間に、触れるだけだった親愛のキスは、唇に至って深い恋人同士のキスになった。上唇を舐め、下唇を甘噛みし、「入れて」とねだる。藤島が唇を薄く開くと、嬉々として熱い舌が差し込まれた。

　キスだけが、今、彼と交わすものと同じだった。彼のキスが十五年変わっていないのか、それとも、藤島が覚えているキスを脳が再現しているのか。ふわふわとした夢の中、キスだけがやけに生々しくて、混乱する。

「年なんか関係ない。先生が好き」

　キスの合間に熱のこもった声で口説かれ、藤島は目を細めた。確かに、このくらいの頃の彼には、藤島の年齢などものともしない情熱があった。

　舌の表面をすり合わせ、唾液を交換しながら自嘲する。

（これが俺の願望か）

この二日で思い知った。口では「出ていけ」などと言いながらも、その実、未練たらたらなのだ。寂しくて、不安で、物足りない。一心に自分の気持ちをわかってほしい。この頃の彼と変わらず、一途に「好き」と言って、そばにいてほしいだけ。本当に出ていってほしいわけじゃない。

自分は悪くないはずなのに、自分で始めたことなのに、怒るのも、一心にまじめに考えてもらうためにわざと冷たい態度を取るのも、それできらわれたのではないかと気を揉むのも疲れてしまった。

（……夢なら、少しくらい甘えてもいいんじゃないか？）

心の底からにじみ出してきた欲望を、藤島は許した。だって、これは夢だから。自分に都合のいい夢を見て何が悪い。

一心の背中を抱いていた両手を、首に回した。後頭部を抱き寄せる。突然積極的になった藤島に、彼は一瞬目を丸くしたが、すぐにキスを深くしてきた。口を開けて食べ合うみたいな、口でするセックス。

「一心、俺が好きか……？」

息継ぎに合わせてたずねると、彼は頬を上気させて「うん」と答えた。

「好き。先生が好きだ」

「……うん」

幼い彼に、都合よく、聞きたい言葉を言わせている。藤島の夢だから、彼は藤島の願望どおりに「好きだ」と何度も繰り返す。罪悪感が湧いたが、一瞬だった。夢だから、これでいいのだ。

もじりと体をよじる動きに、すぐに気づく。

「勃ってる?」

「うん……」

うなずくとおり、するりと触れた彼のペニスは、既に固く勃ち上がり、下着に染みを作っていた。

(かわいいな)

この彼は本当に自分のことが好きなのだ。欲情して、興奮して、抱いてくれる。そう思ったら、幼い彼が愛しくてしかたなくなった。下着に手を差し入れる。先端をじかに手のひらで撫でてやりながら、耳に吹き込んだ。

「俺のも触って……?」

「うん」と答えた彼の手が、布越しに藤島の性器に触れてくる。藤島は意識的に呼吸を深くしながら、ひさしぶりの快感に身を委ねた。

「気持ちいい……」

「亮さん、色っぽい」

「なあ、後ろも触って。入れてくれよ……」

淫《みだ》らに腰を揺らしてねだった。こんなこと、夢じゃなきゃできないが、夢だからできてしまう。

一心は性急な手つきで藤島の下着を下ろした。片手で前を握り、もう片手で秘所を撫でられる。藤島が腰を押しつけて誘うと、つぷりと指が入ってきた。

「あ……」

夢にしてはやけに生々しい、違和感と快感。だが、藤島の願望をすべて叶えてくれる一心に、これは夢だと思い知らされる。

「おまえはいい子だな……」

褒めるように、幼い彼の後頭部を撫でた。

「今のおまえは、こんなこと全然してくれないよ」

「え?」

「俺に会いに帰ってもこない。帰っても、セックスどころかキスもしないで、三日で出ていく。俺のここはもうすっかりおまえのためのものなのに……おまえじゃなきゃいけないのに、おまえはもう俺になんか興味もないんだろう」

藤島の恨み言に、一心が「そんなこと」と焦った声を出す。

「あるんだよ。でも、しかたない。こんなおっさん相手だもんな。勃たなくってもしょうがない」

「違う。そんなことない」

「あるんだよ、残念ながら」

藤島は苦笑した。

「なのに、なんでおまえは俺と一緒にいたいんだ？」

「そんなの、好きだからに決まってるだろ！」

突然、彼の言葉が脳に響き、藤島は目を見開いた。まつげがぶつかりそうな近さに一心の顔があって驚く。ちゃんと大人の彼だった。南国ブルーの髪の男。

「え？　っと……？」

夢と現実の境をどこで越えたのかわからなくて混乱する。

ベッドの上、藤島は一心にのしかかられていた。パジャマ代わりのスウェットのボトムスは腿のあたりまで下げられている。夢と同じに後孔に含まされていた指先を意識すると同時に締め付けてしまい、藤島は「あ」と声を漏らした。

（なんで？）

どうしてこうなっているのかわからない。が、何をされているのかはわかる。

「何してるんだ。やめろって」

押しのけようとした手を逆に握られ、押さえ込まれた。

「なんで？　亮さんから甘えてきたんだよ。触って、入れてって」

「な……っ」

後孔に埋めた指を抜き差しされ、かっと顔に血が上る。夢で甘えているつもりが、寝ぼけて現実でも彼を誘っていたと知り、絶句した。いたたまれない。夢の中の幼い一心はおっさん相手にでも夢中になってくれるが、現実ではそうはいかない——というのに、なんだこれは。

洗ってもいない後孔に悪戯《いたずら》している右手を摑んだ。

「抜け」

「いいじゃん、しよ？」

（いや、するわけないだろ）

あきれるし、頭にくる。寝ている人を襲っておいて。

「ふざけてんのか？」

「本気だけど？」

「なお悪い」

藤島はどうにか一心から逃れるべく、身をよじった。

「……っ」

指が抜ける衝撃に息を詰める。

「ちょっと、亮さん」

心配してこちらを覗き込んでくる彼を押しのけ、上体を起こそうとした。が、上背《うわぜい》と体重で押さえ込まれてしまう。インドアの藤島が、世界中飛び回って、時には肉体労働で日銭を稼いでいる一心に、力比べでかなうわけがないのだ。

余計頭にきて、藤島はぶちまけた。

「何なんだよ。その気もないくせに、別れ話になったらセックスで懐柔しようなんて、バカにすんじゃねえ。バーカ！」

「えっ⁉」

藤島を押さえ込んでニヤニヤしていた一心が、衝撃を受けたように目を瞠《みは》って固まった。

「え、何……？　その気もないってどういうこと？　っていうか、やっぱ別れ話だったんじゃん⁉」

「言葉のあやだ、バカやろう！」

教育者の両親に育てられたので、罵倒語になると圧倒的に語彙が不足する。言い足りず、だが、「バカ」以上に罵る言葉が見つからなくて、藤島はついと顔を背けた。

「……最近全然帰ってこないし、帰ってきてもやらないし……、どうせ、こんなおっさん、抱く気も失せてるんだろう」

ああ、だめだ。みじめすぎる。自分が吐いた言葉にダメージを受ける。

持って生まれた容姿にとりたてて不満がなかったせいか、藤島は容色に執着を抱いていなかった。年齢を重ねることにも、負のイメージはもっていない。人には年齢ごとの魅力がある。四十なら四十らしい自分でいればいい——今だってそう思っている。自分自身に関しては。だが、その「四十らしい自分」を一心に愛してもらえないことが、これほどみじめだとは思わなかった。

「亮さん」

名前を呼ばれる。

「ごめん。亮さん、こっち見て」

かたくなに拒否していたら、すりっと頬を撫でられた。

「ねえ。ちゃんと謝りたいから」

謝る？　何を？「もう飽きちゃってごめんなさい」って？

「……」

こわごわと顔を彼に向けた。

一心は、愛おしさと後悔の入り交じった目で藤島を見ていた。心がざわっとする。こんな——はっきりそれとわかる愛情をたたえて見つめられると落ち着かない。もう何年もセックスさえも日常の一場面に過ぎず、ことさらに愛を語ることはなかったから。

一心は、本気で後悔しているとわかる表情で目を伏せた。

「ごめん。そんなに寂しがらせてたなんて、言われるまで気がつかなかった」

「さ……っ⁉」

藤島はさっと顔を赤らめた。

「そん……っ、おまえ、人を欲求不満みたいに……！」

体が寂しかったんだろうと言われた気がした。いや、それもそうなのだが、藤島にとっては心の比重のほうが大きい。

セックスに限ったことではない。心も一心に飢えていた。「もうどこにも行くな、離れるな、ずっとそばにいろ」は、つまり、そういうことだ。かなえられるわけがないと理解した上での本音。

だというのに、体の欲求不満を指摘されるのは何か違う。言外《げんがい》に淫らではしたないと言われているようで、若干のくやしさもあった。

藤島は再び彼を押しのけようともがいたが、一心はその動きを利用して、あらためて藤島の体を組み敷いた。脚のあいだに腰を割り入れ、両腕のあいだに藤島を閉じ込める。

「ほんとごめん」という声と一緒に、彼の唇が頬に落ちた。

「亮さん、オレがあちこち行くの、最初からずっと平気そうにしてたから、寂しいとか、そういうのないんだと思い込んでた。ほんと、ごめん」

謝罪と一緒にキスをするのはずるい。というか、キス。何ヶ月ぶりだ？　いや、夢の中でのキスを、実際にもしていたのなら違うか。

ついそれた意識を引き戻すように、一心は両手で藤島の頬を包んだ。まっすぐにこちらを見下ろしてくる。

「聞いて。って言っても、半分言い訳だけど、亮さんが言ったんだよ。平日にすると翌日がつらいって。まあ、週末が入るように帰ってこなかったオレが悪いんだけど……」

言われて、藤島はその会話を思い出した。おそらく一年、もしかしたらもうちょっと前の帰国時。平日に帰ってきた彼にキッチンで性急に求められ、立ったまま後ろからガンガン突かれて足腰が立たなくなった。当然、藤島は終わってから激怒した。「平日にこんな無茶苦茶するんじゃない！　俺は立ち仕事なんだ。いいかげん年をわきまえろ！」と——。

「……ああ」

思い出した？　と、こちらを見下ろす一心の目が苦笑している。藤島の動揺を見て取ると、彼は笑みを獰猛《どうもう》なものに変えた。

「していいならするよ。亮さんの体がつらいならって我慢してただけだ」

「……、」

はく、と、唇を開け、何かを言おうとした。だけど、見たこともない男っぽい表情と言葉に、見慣れぬ髪型と髪色に混乱する。――これは誰だ？

今更――本当に今更だが、変な具合に緊張してきた。心臓がうねるみたいに脈をうつ。冗談だろう。自分がどんな顔をしているのかもわからない。

寝室のカーテンは、一日の始まりにちゃんと朝日を感じられるように、あえて光を通す素材にしている。――嘘だ。同棲当初、一心に「亮さんの顔が見えるほうがいい」とねだられて薄いカーテンにした。バカか俺は。あのときだって三十は超えていたくせに浮かれるのも大概にしろ。

おかげで今も互いの顔がはっきりと見えた。気恥ずかしさから、わざと不機嫌な顔をする――って、そんな場合じゃない。何を流されかけてるんだ！

「一心、ダメだ」

Tシャツをめくり上げた手を押さえた。

「どうして？」

どうしてって、それは。

「……したら、流される……」

（――じゃないだろう俺！）

失言というのは、だいたい口からこぼれてから我にかえるものだ。

視線をさまよわせる藤島に、一心はふふっと笑った。ささやく声が一段と甘く溶ける。

「いいじゃん。亮さん、流されてよ」

「いやだ」

「お願い」

ささやきながら唇を合わせてくる。南国の海の色が目の前で踊った。見慣れない、まるで知らない相手に抱かれているような錯覚。だが、藤島の性器をやんわりと包み、先の小さな孔をこする動きは、確かに知り尽くしたやり方なのだ。

「……っ」

「亮さん、声聞かせて」

「っ、いやだ……」

「どうして。声出したほうが気持ちいいのは知ってるだろ?」

「ばか!」

突っぱねたが、一心は「ね、お願い」とたたみかけてくる。あざとい。わざとやっているとわかっていても、ついかわいいと思ってしまう。

確かに一心が言うとおり、藤島は知っている。一心が藤島の嬌声を好きなことも、声を出すと自分が興奮することも。

互いにほぼまっさらなところから十五年。一心の放浪癖のせいで、一緒にいた時間だけを数えたら五年――いや三年くらいのものかもしれないが、試行錯誤、二人だけのやり方を探ってきた。

今も藤島の体は一心しか知らない。一から十まで彼好みに、彼のためだけに開かれた体だ。抱き古したそれに新鮮味はないだろうが、代わりに、互いの手順も感じるところもやり方も、何もかも知り尽くしている。彼がしたいと思ったら、すぐに藤島をその気にさせられるという利点はあった。今の藤島にとっては、舌打ちしたくなるような弱点だが。

やわやわと、だが、逃げられない気持ちよさを与える場所ばかりを触られた。あっという間に息があがる。

「一心……っ」

このまま流されるのはいやだった。なのに、もういいじゃないかと投げ出したくなってもいる。既にゆるく勃ちあがりかけている性器への自己嫌悪とか羞恥とか、もっとしてほしいというはしたない願望、やめさせなければという焦り……藤島の中はもうぐちゃぐちゃだ。

「ダメだ。今日も仕事がある……っ」

一縷《いちる》の望みをかけ、彼の理性に訴えかける。ここでやってしまったら仕事に響くのは間違いない。

だが、一心は「大丈夫」と目を細めた。

「どっちみち入れないよ。ここ洗ってないもんね」

「――ぁ！」

　ここ、と言いながら後孔を押され、声がもれた。

「やめろ一心。きたない……っ」

「オレはいいんだよ、別に。ゴム付ければできる」

「絶対、いやだ！」

「うん。今は、亮さんの言うことを聞いてあげる」

　一見、素直な子供のような顔をして一心は笑った。だが、その目は笑っていない。

「でも、ここは洗っといてほしいな。いつもみたいに」

「……っ」

　淫らな暗黙の了解を口に出され、藤島は顔を赤くして一心を睨んだ。

　一心が家に帰ってくると、藤島はできるだけ食事をひかえめにし、後ろをきれいに保っておく。本来受け入れる機能をもたない体を、彼のために整えておくのだ。だが、今回は別だった。あたりまえだ。関係を見直したい、ナァナァにしたくないと言っているのに、そんな準備をするわけがない。

　顔を背けようとしたが、顎を掴んで上向けられた。余裕たっぷりに獲物をいたぶる肉食獣の目で見つめられる。口づけを落としながら、欲情で甘くかすれた声がささやいた。

「そんな顔しないで。外ではさわやかで格好いいって評判の藤島先生が、家ではいつオレに抱かれてもいいように準備しといてくれるの、最高にエッチで興奮するし、愛されてるなって実感できるんだよ。そうやって亮さんに甘やかされるの大好き。うれしくて調子に乗っちゃう」

「人のせいにするんじゃない……っ」

「ほんとだよ」

「ね」じゃない。そんな、うれしそうに。

腹が立ったが、藤島にはもう彼を押しのけられるだけの力が残っていなかった。感じるところばかり撫でられて、体中骨が抜けたみたいになっている。

「抜いてあげる」

「やめ……っ」

「このままじゃ仕事になんないでしょ」

一心は藤島の性器を握ったまま体勢を変え、後ろから抱き直した。すっかり勃ちあがった自分のペニスで、いたずらに藤島の後孔を叩く。固いのにやわらかく、丸くてぬるぬるで、熱くて溶けそう。挿入を期待させる動きに喉が鳴る。

一心が喉の奥で笑った。

「やーらし……もう我慢できないんだね。入れてほしくてたまんないって、腰が動いてる。亮さん、前だけじゃいけないもんね」

「……っ」

意地悪な指摘に唇を噛む。なんだろう、この「セックスしてやっている」感。一心にだけ余裕がありすぎて、やっぱりこれもご機嫌取りなんじゃないかと感じてしまう。

引き結んだ唇を、やや強引に指でこじ開けて、一心は人差し指と中指を抜き差しし、舌をくすぐった。後ろの抽送を思わせる、卑猥な動き。たっぷりと唾液を指にからめて抜くと、その指で胸に触れる。

「ふ……っ、アッ……！」

たまらず声を上げてしまった。

藤島の乳首は、一般的な男性のそれに比べると、ぷっくりと肥大《ひだい》して、触られるだけで、後ろにも欲しくなってしまう。もちろん最初はこんなじゃなかった。それを一心が十五年、撫でて、つまんで、こすって、引っ張って、舐めて、噛んで、性感帯に仕立て上げたのだ。

その乳首をぬるぬると唾液に濡れた指でつまんでいたぶりながら、一心は藤島の太腿で剛直をしごいた。はぁっと、湿った熱い息がうなじにかかる。

「亮さん、最高だよ。清潔な顔しておきながら、すっかりオレを喜ばせるための体にさせられちゃってさ……」

「いっ……、あ、あ……っ」

もどかしさでどうにかなりそうだった。

完全に勃ちあがってしまった性器もだが、秘所の奥に隠された核心を突かれたくてたまらない。太腿のあいだを行ったり来たりしていた一心のペニスを締め付ける。

一瞬息を詰めた彼は、藤島の耳の横で獰猛にうなった。角度を変えた一心が、ぐりぐりと後孔に先端を押しつけてくる。

「も、ほんっと、たまんない……。ここの中も、ちゃんとオレのかたちを覚えてるか、確かめたい」

「やめ……っ」

本気で焦った。今そんなことをされたら仕事どころではない。大惨事になる。

顔色を変え、振り返った藤島の頭を、彼はなだめるように撫でた。まるで子供をあやすみたいな、やさしげな声でささやく。

「わかってる。今は我慢する。でも、亮さん、ここ好きでしょ」

「ひっ……、ああっ」

ふちがめくれそうで入らない、ギリギリの深さで後孔を圧迫される。そこから睾丸裏までのとびきり弱い部分を、丸く巨《おお》きな先端で強く押し込まれ、藤島は背をそらした。

「いいよ、いって」

「ああっ……！」

左の乳首を強く抓られる。外から前立腺を強く押されながら性器をしごかれ、藤島は達した。後孔がきゅうきゅう締まって、何も入っていない空隙を絞る。もどかしい。せつない。物足りない。ここに確かな熱が欲しい。一心のアレで突き上げられたい。

「今夜は奥まで入れてあげる」

熱のこもる声でささやいて、一心は藤島の太腿に精を放った。

4

藤島の朝のルーティンは、六時半のアラームから始まる。

横になったままスマートフォンでネットニュースとSNSを巡回して五分。ベッドから起き出して、歯磨き、ひげそり、洗顔のち整髪で十分。スーツに着替えて五分。キッチンに移動して、食パンを焼きながら湯を沸かし、豆から挽いたコーヒーをハンドドリップして十分。朝食はだいたい七時からだ。パン、コーヒー、山盛りのグリーンサラダか果物とヨーグルト。前夜のメニュー次第でとくに腹がすいているときはハッシュドポテトやベーコンエッグが追加されるが、週に一度あるかないかだ。それらを朝のニュースを見ながら食べて二十分。予約で洗い上がっていた洗濯物を干し、家を出るのが七時半。ちょうど八時ごろに職場に着く。

だが、今朝はルーティンなど見る影もなかった。一心に翻弄されているうちに起床時間を過ぎ、我にかえったのは七時過ぎ。アラームを止めた覚えはないので、たぶん一心が止めたのだろう。スマホのロック画面に表示された時刻を見たときは、文字どおり心臓が止まるかと思った。賢者タイムもそこそこにベッドを飛び出し、もつれる脚を叱咤しながら大慌てで着替えて家を出た。

「待って、下まで一緒に行く」

燃やすゴミの袋を持った一心が追いかけてきて、閉まりかけていたエレベーターに飛び乗る。バスの発車時刻まであと六分。一分一秒だって惜しいのに、また開いたドアにイライラする。ゴミ捨てくらいあとでやれ。

下降するエレベーターの壁に寄りかかり、にじんだ汗をぬぐいながら、やり残してきたことを思い出した。

「おまえ、あれ……洗濯物」

「干しとく」

「どろぐちゃのシーツ」

「洗って干しとく」

「部屋の換気」

「やっとくよ」

一心は従順にうなずいているが、その顔はどことなくふにゃふにゃしている。

——これだから、したくなかったんだ!!

流された自分のことは棚に上げ、藤島は頭に血を上らせた。一階に着くと同時、エレベーターから駆け出しながら言い渡す。

「もうこの件が決着するまで、絶対にしないからな！」

「絶対に」を強調すると、一心は「ええっ」と悲愴な顔をした。

「夜は入れたげるって言ったじゃん」

「そういうことを外で言うな！　本気で別れるぞ」

「えーもう、ごめんって」

「付いてくるな」

「ゴミ捨てだってば。亮さん」

「何」

「いってらっしゃい」

気がつくとゴミ捨て場だった。一瞬無視しようかとも思ったが、おざなりに返して背を向ける。

「……いってくる」

おざなりに返して背を向ける。バス停はもうすぐそこだった。いつものバスに間に合いそうだ。ほっとしてバスの来る方向へ視線を向け、藤島はギクリと硬直した。

見知った青年が足を止め、じっとこちらを見つめている。

「――中垣内」

間違いない。問題の教育実習生だ。ざっと血の気が引くのがわかった。

――見られていた？　いったいどこから？　今、自分は一心と、どんな会話をしていた？

直前の記憶をさらい返すのにコンマ数秒。

（まずい）

「別れる」とか言っていた。背筋を冷たいものが伝わる。「夜は入れたげる」も、それだけ聞いたのでは本当の意味はわからないだろうが、「別れる」とセットだとかなりきわどい。

いやでも、男同士で、痴話喧嘩とすぐに結びつけるだろうか？　自分が当事者なので断言はできないが、男同士が一緒にいたところで、即恋人だとは思わないのではないか。希望的観測が混じるので、ますますわからない。中垣内はどう解釈しただろう？

「……おはよう」

表面上は冷静に言うと、中垣内は二回ゆっくりと瞬きをした。

「おはようございます」

軽く会釈し、藤島の背後に視線を投げる。顔がこわばる。そっちにいるのは――。

中垣内は、「あー、先生」と首の後ろを掻いた。

「何？」

「オレはともかく、生徒の目は気にしたほうがいいんじゃないですか？　誰か見てないとも限りませんよ」

「――」

目の前が暗くなる。

藤島の顔を覗き込むようにして、中垣内はにんまりと笑った。

「あと、その、わりと顔に出やすいとこもですね」

「！」

――かまをかけられた。気づいたのは、まんまと引っかかったあとだった。

「……中垣内」

「あー。待ってください。バスが来ます」

中垣内はこちらに向かって走ってくるバスを指し、「とりあえず乗りませんか」と言った。


胃の痛い一日だった。

学校までのバスでの沈黙も、授業見学のときの視線も、中垣内の行動や表情の何もかもが藤島の弱みを見透かし、無言の圧をかけてきているように感じられた。

頭ではわかっている。今のところ、中垣内は何もしていない。ゲイバレしたのは自分が不注意だったせい。彼はたまたま目撃しただけだ。彼からのリアクションが何もない今の段階で思い悩んでもしかたがないとわかっているがダメだった。悪い妄想を止められない。

教え子がそんなことをする人間だとは思いたくないが、中垣内は以前から藤島にモーションをかけてきていた。もし、ゲイであることをネタに関係を迫られたら？　――応じるわけがない。が、断って、怒らせて、職場でゲイだと吹聴《ふいちょう》されたら？　想像するだけでもぞっとする。

　犯罪を犯したわけではないし、ＬＧＢＴの人権問題がたびたび取り沙汰されるこのご時世、表だってとがめられることはないだろう。だが、なんだかんだ言っても、まだまだお堅い職業だ。解雇はなくても、辞職することにはなるかもしれない。自分だけならまだましだ。だが、もし実家の両親や、同じ職業に就いている弟にまで累《るい》が及んだら――。

　いつもの悪い癖が出る。悪いほうへ、悪いほうへ考えて苦しくなった。

「藤島センセー、今日どうしたの？」

「めっちゃ機嫌悪い」

「ていうか、もしかして調子悪い？」

　生徒たちにまで気取られるほどだったらしい。「腹が痛いんだ」とごまかした。まるきり嘘というわけでもない。キリキリと痛む胃をいなしながら、なんとかホームルームまでをこなす。

　放課後、中垣内を呼び出しに行くときには緊張で吐きそうだった。

「中垣内、ちょっと」

「はい？」

　彼は実習生控室で今日の日誌を書いていたが、藤島が外を指すと、わけ知り顔で腰を上げた。

渡り廊下。じめっと湿った重たい空気に、吹奏楽部の楽器の音が響いている。

「……今朝のことだが」

人気のないところで足を止め、藤島が重い口を開くと、彼は「あ、やっぱり？」と言った。

「先生、もしかして今日ずっとそれ気にしてたんですか？」

「そりゃそうだろう」

「いやそんな、死にそうな顔しなくても……」

話している二人の横を、生徒が数人、通り抜けていく。深刻な顔をしているのが気になったのか、ちらちらと見られて、藤島は顔をこわばらせた。それを見ていた中垣内が、猫のように目を細める。

「先生、学校じゃなんなんで、今週末にでも飲みに行きましょうよ。いろいろ話したいこともあるし」

「……わかった」

まったく気乗りはしなかったが、断れる立場ではなかった。以前と同じ「飲みに行きましょう」という誘い文句も、この流れで言われれば脅迫と同じに感じられる。しぶしぶながら承諾した。しかたがない。藤島も口止めは必要だと考えていた。

最低限の仕事を片付け、重い足を引きずって帰路に就く。どうやって帰ってきたのか覚えていないが、体は日頃の習慣どおりに動いたらしい。気がつくと自宅の部屋の前だった。「今から帰る」メールをし忘れていたが、台所につながった換気口からは、今夜も換気扇の回る音が聞こえ、夕食の匂いがただよっている。

（一心）

今日もいる。いてくれた。そう思ったら、一日張り詰めていたものが一気に吹き出し、気持ちがくずれて泣きそうになった。

観念した。こんなとき――中垣内の出方によっては職を失うかもしれなくて、そうしたら、最悪ここにも住んでいられなくなるかもしれなくて、今まで築いてきたものをすべて失うかもしれない。そんな今でも、一心がそばにいてくれるというだけで、自分はこんなにも安堵するのだった。

なんだかんだ文句を言っても、やっぱり自分の伴侶《はんりょ》は彼しかいない。長いこと一緒にいたせいで、彼がそばにいることがあたりまえになりすぎて、最近の自分は不寛容になっていた。放っておかれることが寂しくて、傷ついて、カリカリ怒ってばかりいた。不満については、自分もできるだけ譲歩するから、なんとか折り合いをつけながら、これからもずっと一緒にいてほしい。

自分の気持ちにようやく結論が出る。なさけないような、困ったような、でもどうしようもなくほっとした気分で玄関を開け――もわっとあふれてきた独特の匂いに、口元を押さえた。喉奥から胃が飛び出してきそうな感覚。

（……焼き魚か）

若かりし頃の藤島は、魚は好きでも嫌いでもなかったが、最近は好んで口にしている。煮たのも焼いたのも刺身も好きだ。一心もそれを知っているから、今日もご機嫌とりのつもりだろう。だが、今は匂いだけで吐きそうだった。

「……ただいま」

「おかえり……って、亮さん？」

一心はいつものようにキッチンから顔だけのぞかせたが、藤島のようすに異変を感じたらしく、玄関まで出てきた。

「どうしたの？　気持ち悪い？　吐きそう？　腹が痛い？」

「いや。ここ最近、時々こんなで……」

無意識に腕で囲っていた腹をさする。額に脂汗《あぶらあせ》が浮いていた。

「ちょっと、本当に大丈夫？　病院行こうよ」

「そんな大げさなもんじゃない」

軽く笑って靴を脱ぐ。まだ心配そうにこちらを見ている一心が、「どうだった？」とたずねてきた。

「何が？」

「今朝の人」

　見られていた。いやまあそりゃ見ていただろう。なんせ距離が近かった。なんなら会話も聞こえていたかもしれない。

「悪い。ばれた」

　上がりしなの短い返事に、一心はちょっと眉を寄せた。リビングに向かう藤島のあとを追ってくる。

「いや、オレはばれたって全然かまわないんだけどさ。亮さんは困るだろ？」

「まあな」

　そりゃ困るに決まっている。困るだけで済むかも現時点ではわからない。突如差し込むように痛んだ胃を、鞄を持っていないほうの手で押さえた。

「ちょっと、亮さん？　やっぱ病院行こう」

「大丈夫だって」

　心配そうに覗き込んでくる一心を、鞄を下ろし、開いた手でいなす。

「明後日の夜、あいつとちょっと話してくる。その日は晩飯いらないから」

　ネクタイをゆるめながら藤島が言うと、一心は表情をけわしくした。腹を押さえていた手を取られる。

「オレも行く」

「は？」と、藤島は目を見開いた。

「何言ってんだ。連れて行けるわけないだろう」

「店はどこ？」

「まだ決まってない。おい、離せって」

「店が決まったら教えて。一緒に行く」

「何でだよ。おまえは関係ないだろう」

言った瞬間に、まずいと思った。一心は心配してくれているのに、苛ついて口がすべった。

案の定、彼は眉をつり上げた。

「関係ないわけないだろ。亮さんの恋人はオレなのに」

「ごめん。だけど、おまえにもきっといやな思いをさせるから……」

「だったら、なおさら亮さんを一人で行かせられるわけがないだろ。こないだも言ったけど、そうやって一人で抱え込むの、亮さんの悪い癖だ。絶対いいことにはならないんだからやめて」

グサッときた。藤島はなさけなく口元をゆがめた。

「別れたくなったか？」

ああ、卑屈だ。自分でもいやになる。

案の定、彼は「はぁ？」と顔をゆがめた。

「なるわけないだろ。何言ってんの」

「……そうか」

あきれられたという思いと、ほっとする気分がない交ぜになる。

ソファに腰を下ろし、一心を見上げた。真剣な瞳とぶつかった。ドキリとした。一心が、ちゃんと、三十三の大人の男に見えたから。

気がついたら、口から言葉がまろび出ていた。

「……なぁ。もし俺が職も住むとこも失っても、俺と一緒にいてくれるか？」

一瞬、一心の顔から表情が抜け落ちる。じっと藤島の顔を見下ろすこと数秒、やや困った表情になった。たぶん、「今そこまで心配しなくても」とか、「あいつ、そんなろくでなしなの？」とか、「亮さん、オレに出ていけって言ってなかった？」とか、そういう顔だ。

口を開いて何事かを言いかけ、また閉じてから、眉を寄せて苦笑した。

「いるよ。あたりまえだろ。健康な大人が二人ならどうとでも生きていけるって」

「……そうか」

他でもない彼の言葉に納得してしまって、そうしたら、肩から力が抜けていった。

生来の性格の上に、お堅い教育一家で育ったせいで、藤島は「いい加減」にしていいところを見きわめるのが苦手だ。ここは力を抜いていいところかもと感じても、つい全力でやってしまう。

そんな藤島にとって、一心の存在はガス抜きそのものなのだった。放っておくとすぐにパンパンになってしまう藤島に吹き込む自由の風は、いつも藤島を身軽にしてくれる。

生まれてこの方三十三年、藤島とはまったく正反対のやりかたで、「どうとでも生きて」きた彼が大丈夫だと言うのだ。藤島のやり方に固執しなくても――仕事や住むところや世間体に縛られなくても、彼と二人なら「どうとでも生きていける」。その、泣きたくなるような安心感。

「亮さん？」

「……大丈夫だ」

うつむき、両手で顔を覆った。ふっと笑った顔は、きっと泣き笑いになっているだろう。

今回のいざこざで再三気づかされたし、さっき玄関前でも思い知った。自分は、一心のそばで生きていきたい。人生をとおして、彼にそばにいてほしい。その思いをもう一度噛みしめる。

自分たちはなぜ一緒にいるのか。

「なんとなく」「別れる理由もないから」一緒にいるだけなら、「なんとなく」「一緒にいる理由もないから」別れてもいいんじゃないか――自分を追い込むようにして、ずっと考え続けていた。

今の自分たちの関係は、つきあいだした頃とは違う。がむしゃらに奪い合うようなセックスはしない。キスもハグも、今更すぎてなんとなく気恥ずかしい。二人の関係はもう「恋」ではないと感じているが、さりとて、このぼんやりとした愛着みたいな感情を、「愛」と呼んでいいのかもわからない。

けれども、藤島は一心と一緒にいたかった。彼と一緒にいることで、自分は生きやすくなる。理由なんて「なんとなく」でいいから、彼と一緒にいられる関係でいたい。その気持ちが、自明のことのように心にある。

不意にソファの座面が沈み、隣に一心が座ったのがわかった。大きな手で肩を抱き寄せられる。ずいぶんと久しぶりなので気恥ずかしい。けれども、それ以上に、とてもうれしかった。心も体も、こわばりがとけていく。

「……一心」

「ん？」

「明後日、やっぱり一人で行くよ」

藤島の言葉に、一心は「ええ？」と顔をしかめた。藤島はちょっと笑って見せた。

「大丈夫だ。あいつは元教え子だし、たぶん、そんなに悪いやつじゃないと思う」

残念ながら、はっきりと言い切れるほど、藤島は中垣内のことを知らない。それでも、自分のもっとも大切なことさえ揺るがなければ、中垣内とのことも、ゲイバレも、恐るるに足らないことだった。

ならば、こんなことに一心を巻き込みたくはない。

一心は、まだ何か言いたそうにこちらを見ていたが、やがて真っ青な頭をガシガシ掻いて、ため息をつき、うなずいた。

「……わかった。信じる」

不承不承。だけど、彼が自分を信じてくれたことがうれしい。藤島は「ありがとう」と笑った。

「ほら、晩飯にしよう。ごめんな、冷めちまった。今夜は焼き魚か？」

「ああ、うん」と、我にかえったように、一心が視線を動かした。

「サワラの西京焼と、ほうれん草のごま和えと、冷や奴と、なめこの味噌汁。……亮さん、ここんとこ食欲なさそうだったから、脂っこいのはやめといたんだけど、食べられそう？」

今朝まで、腹部の不具合を言葉や表情に出した覚えはなかったが、そんなにわかりやすかっただろうか。それとも、彼の目が自分をよく見てくれているということか。

藤島は「食べるよ」と笑って腰を上げた。

「うまそうだ。手を洗ってくるから、用意しといてくれ」

一心はまだ何か言いたそうだったが、言わないまま、「はーい」と返した。

　金曜の夜。中垣内が選んだ店は、職場から藤島の家をはさんで反対側にある居酒屋だった。暗すぎず、明るすぎず、それなりにおしゃれでくつろげる。学生が選んだにしてはいい店だ。通路から顔の見えない半個室に通されて、ほんの少しほっとした。一心の話題は避けられないだろうから、プライバシーが守られているに越したことはない。

「ちょっとしたデート向きなんです」と、中垣内が言った。意味ありげに。

「へぇ。そう」

「食事もおいしいですよ。おすすめは若鶏のハーブグリルと、牡蠣フライですね」

　向かいに座った中垣内が、フードメニューを差し出してくる。「俺はいい」と断った。

「支払いは俺がもつから、好きなだけ食えよ」

「そうですか？　じゃあ、遠慮なく」

　店員にどんどんオーダーしていく中垣内を見ながら、藤島は片手で腹をさすった。

　一心とのことがあり、なんとなく腹具合がよくなかった上に、中垣内にゲイバレし、おまけに今日の模擬授業では、安心だと思っていた稲川が大失敗した。こんな状況で食欲など湧くはずもない。

　稲川は、完璧な授業にしようと考えすぎたのだろう。盛り込んだ工夫や難解な内容が時間内では消化しきれず、藤島や中垣内を相手にした質疑応答も想定どおりにはいかなかった。本人は至ってまじめにやっているぶん修正が難しい。週明けからの授業にどう間に合わせるか。頭を痛ませながら、考えつくかぎりのアドバイスをしたが、週末二日で、果たしてどこまで修正できるか……。

思い返すだけで胃がキリキリする。数日前から続いている腹痛と吐き気は、すっかり慢性的なものに変わっていた。じわりと湧いてきた苦い唾液を洗い流すように、運ばれてきたシャンディガフを飲む。低アルコールのビールをさらにジンジャーエールで割った、普段の藤島にとっては水のようなものだ。だが、今夜はアルコール度数の高いウィスキーかウォッカでも飲んだように胃が熱くなった。

「先生って、酒弱いんですか?」

自分はハイボールを飲みながら、中垣内が聞いてくる。

「胃の調子が悪いんだよ」

「あ、それで食わないんですか」

納得したように彼がうなずく。藤島はもう一口、シャンディガフを含んだ。すきっとした飲み口に一時口内の粘つきが治まるが、またすぐ不快感が戻ってきてしまう。

「それで?」

さっさと話を終わらせて帰りたい。自ら水を向ける。中垣内は切り分けていた若鶏のハーブグリルから視線を上げた。

「せっかちだなぁ。せっかくのデートなのにムードがないのはどうかと思いますよ」

わざと「デート」なんて言葉を使う。表面ばかりは愛想よく笑いながらの挑発的な物言いを、藤島はまばたき一つで流した。わざわざ釣られてやるほど親切ではない。

中垣内は藤島の反応をうかがっていたが、それ以上何も返ってこないと理解すると、軽く肩をすくめた。

「そんなに警戒しないでくださいよ。オレは、やっと先生が誘いに乗ってくれてうれしいんですから」

「あんな呼び出し方しといてよく言うな」

「あんなって。話したいことがあるのは嘘じゃないですよ」

「聞いてやるから早く言え」

「うーん。たとえば、これからのつきあい方とか？」

含みありげに目を細め、テーブルの下で脚をすりっとすり合わされた。行儀が悪い。そんな、子供を叱るような感想しか出てこない。中垣内は色っぽく誘っているつもりなのかもしれないが。

一昨日は「彼氏と朝から盛り上がったせいで遅刻しそう」という、これ以上なくプライベートな場面を目撃されてしまい、すっかり気が動転していた。学校でも、ゲイバレするのがこわくて、人目ばかり気にしていた。だが、こうして一対一で向き合うと、中垣内の幼さが浮き彫りになる。思えば、彼は藤島の半分ほどの年齢なのだった。

一心と比べても一回り下。幼くて当たり前だ。どうとでも対処できる。ここに来てやっと冷静になれた。

「つきあい方なんて話し合う必要はないだろ。今もこれからも、元教え子と世界史の教員で、教育実習生と指導教員だ」

穏やかに藤島が言うと、彼は面白くなさそうな顔をした。

「いいんですか、そんなこと言って。オレ、学校で先生の秘密を言いふらすことだってできますけど？」

「それを言ったらおまえもだろう。バイだなんて、いくらおまえでも実習先や大学では言いふらされたくないんじゃないか？」

言い返した藤島に、中垣内がくやしそうな顔を見せる。その表情に、つきあいだしたばかりの頃の一心が重なった。そうか、まだそんな年頃か。ついくすりと笑ってしまう。

「先生、何笑ってんですか」

「幼いなと思って」

「余裕っすね。ホント、見られたのわかってます？」

「何を？」

「彼氏との別れ話」

「そう見えたか？」

藤島の質問に、中垣内は目に見えて苛立った。

「今更しらばっくれても無駄ですよ。大声で『別れる』って言ってたじゃないですか」

「そうじゃなくて」と、藤島はシャンディガフを一口含んだ。カッと燃える腹に手を当てた。

「別れ話に聞こえたか？」

年若い元教え子は、雰囲気に呑まれたように一瞬黙り込んだ。戸惑いを浮かべた顔でこちらを見る。

「……オレには、そう見えましたけど」

藤島は口元だけで薄く笑った。確かに、当初の藤島はそれも辞さない覚悟だったが。

「別れてない」

「え？」

「ただの痴話喧嘩。家から出ていけとは言ったけどな」

「……それ、別れ話と何が違うんですか？」

小ずるく見えるが、案外素直なやつなのかもしれない。いや、素直というより「単純」か。

あるいは若さからくる底の浅さ。まじめすぎる自覚のある藤島は、子供の頃から彼のような要領のいいタイプにコンプレックスがあったが、さすがにこれだけ年齢差があると気にならない。

困惑する元教え子に、教師の口調で助言した。

「俺にもそういうところがあるから、経験と自戒込みで言うけど、焦ってすぐに白黒つけようとするのはいいことじゃないぞ。とくに恋愛に関してはな」

自嘲する藤島を、中垣内は気圧されたように見ている。

「俺については、教育実習っていう特殊な環境に浮き足だって、ちょっかいかけてるだけだろうが、もし本気で年上を落としたいと思ったら、そのときはもっと愚直《ぐちょく》にいけよ。ほだして落とすほうが簡単だ」

親切心で言ったのだが、中垣内は食べていた鶏肉にむせた。

無理やりそれを呑み込んで。

「……あの人は、愚直に先生にアタックしたんですか？」

「あいつか？」

当人を思い浮かべ、笑ってしまった。

「愚直だったよ。考えなしに突進してくるのはおまえと同じだけど、あいつは比べものにならないくらい一途だった。つきあうまで五年、俺一筋だったからな。そこまでされたら、どんだけダメだと思っててもほだされる」

「ご……」

中垣内は絶句している。

おまけに、ほぼ初恋同士で結ばれて、十五年つきあっているのだと言ったら、どういう反応をするのだろう。ちょっと見てみたくもあったが、そんなくだらない好奇心のために教えてやるのはもったいないという気持ちが勝った。

優越感をおぼえる自分に苦笑する。実際は別れ話ギリギリまでいっていた。今夜のこの席だって、タイミングによっては、どう転んでいたかわからない。だが今、藤島にそのつもりはまったくなかった。

「負けたって思ったろ？」

藤島の問いに中垣内は一瞬くやしそうな顔を見せたものの、「……まあ」と認めた。

「俺に、若者の貴重な五年を費やす価値があったのかは謎だけどな。年下にはそのくらいしてもらわないと、年上もそうやすやすとほだされてはやれないってこと」

中垣内はハイボールを一口飲み、負け惜しみのように言った。

「でも、正面から勝ちにいく必要もないですから」

「堂々と脅す気か？　それとも俺を遊び相手にするつもりか」

たずねたら、「それを先生が聞きますか」と、いやな顔をする。

「オレが真剣さに欠けてるのは認めます。正直、先生のことは、好きっていうより、抱いたらどんな感じか興味あるってくらいだし」

「物好きだな」

「でも、先生が彼氏さんとうまくいってないのも事実ですよね？　その上でそんな、大人の色気で誘ってくるんだから、先生もたちが悪いですよ」

「誘ってない誘ってない」

「彼氏さんとは、なんで喧嘩になったんですか？」

「そういうことを聞くか？　普通」

立ち入った質問に、答えてやる義理はない。だが、ふと、第三者の客観的な意見を聞いてみたくなった。その相手が、二十歳近くも年下の元教え子というのはどうかと思うが、彼も同性を恋愛対象にできる人間で、なおかつ藤島の性的指向を知っているという点で、ある種の話しやすさはある。つい口が軽くなった。

「……十日の仕事の予定で出ていって、一ヶ月半帰ってこなかったんだ、あいつ」

藤島の言葉に、中垣内はけげんそうに眉を寄せた。言いづらそうに口ごもる。

「それは……普通に別れたんじゃなくて？」

「そう思うだろ？　そうだよな。それが普通だよな」

変なところで熱く同意してしまい、中垣内にますます「わからない」という顔をされてしまった。知らず知らずのうちに乗り出していた体を引く。

「でも、あいつの場合はそうじゃない。いつものことなんだ。帰ってこないって言っても浮気してるわけじゃなくて、本当に世界中をふらふらしてるだけ。ま、浮気してない証拠もないけど」

「はぁ」

「ただ、今回は音信不通の上に行方不明で、用があって連絡取ろうとしたけど連絡手段もなくて、さすがに心配になるし、困ってさ。なのに、全然悪びれもせずにふらっと帰ってくるから頭にきた」

「はぁ……」

なんだそれは、と、顔に大書した中垣内に、藤島は苦笑を深めた。

「やっぱりそれが普通の反応だよなぁ。つきあいが長すぎて、あいつのそういうのがあたりまえになりつつあったんだけど、安心した。何度言っても直らないのが余計腹立ってさ」

「先生、よくそんな人とつきあってますね」

「俺もそう思う」

しゃべったら喉が渇いて、シャンディガフをおかわりする。ふわふわした感覚の中、口が勝手に動いていた。

「あとは、よくあるやつだよ。性の不一致」

ブッと中垣内がハイボールを噴き出す。それを見て、藤島は自分が何を口走ったか自覚した。慌てて姿勢をただし、おしぼりを手渡す。

「悪い。しょうもない愚痴《ぐち》聞かせて、しかもこれ、セクハラか」

「いや、聞いたのはオレのほうですから、いいんですけど……」

濡れた口元をおしぼりでぬぐい、中垣内はこちらを見た。

「先生。寂しいなら、オレがなぐさめてあげましょうか？」

先ほどまでとは一変、まじめな顔つきだった。不覚にもときめきそうになる。他人からこんなにストレートに口説かれたのは、ずいぶんひさしぶりだった。

一瞬いい気分にさせられ、軽口が滑り出る。

「おまえ、俺が抱けるのか？　何夢見てるのか知らないが、ただのアラフォーのおっさんだぞ？」

一心よりさらに一回りも下なのに、本当にその気があるのか。単純に疑問だったのだが、中垣内はなんだかあきれたような顔になった。

「疑うなら、今すぐホテル行って証明してもいいですけど」

「……そっか」

（抱けるのか）

けっして彼に抱かれたいわけではない。が、一心よりも一回り年下の男でも自分に欲情してくれるという発言は、藤島のろくでもない自尊心を喜ばせた。自分はまだ性の対象でいたいらしい。醜怪《しゅうかい》な欲望を見せつけられた気分だ。

「先生？」

　気づけば、中垣内が胡乱げにこちらを見ていた。苦笑して手を振る。

「悪い。忘れてくれ。最近、自分に自信がなくなってたから……」

　中垣内が、信じられないという顔をした。

「先生がですか？」

「こんな男前を捕まえて失礼な話だろ？」

　やはり自分を放っておく一心が悪い。霞がかった頭で考える。あれこれ余計なことを言っていると、理性ではわかっていた。わかっているというだけで、口は勝手に回り続ける。

「こないだも……ほら、おまえに見られた朝だよ。あの日が、それこそ一ヶ月半ぶりだった」

「嘘でしょ。一ヶ月半て。先生の彼氏さん、本当に浮気してないなら、ＥＤかなんかなんですか？」

「いや、あいつ、三十代にしちゃ元気なほうだと思うけど」

　思わず普通に答えてから、本当に、それならどうしてと思ってしまう。

「そうだよな。いくら旅行中っていっても、一ヶ月半もしなくて平気とか、帰ってきても手を出さないとか、おかしいよな。帰ってきてもレスなのは、俺の体を気遣ってだって言ってたけど、やっぱり昔ほどの魅力はないんだろうな……」

言っているうちにへこんでくる。一生一緒にいたいと思い、そのためにはできるだけ譲歩するつもりだった不満が、他にもぽろぽろとこぼれ落ちた。

いつも世界に飛び出していって帰ってこない。心配しているのに連絡もつかない。体に悪いからやめろと再三言っているのに煙草をやめられない。話をまじめに聞いてもらえず、受け流され、ごまかされ、適当な嘘をつかれるのがつらい。嘘をつかれたことだけでなく、他のことまで疑いそうになっていやになる。だけど、本当は、そうやって彼を縛り付けたがる自分が一番いやだ。一心は自由だからこそ魅力的なのに。それはちゃんとわかっているのに――。

どれくらい一方的にしゃべっていたのだろうか。気がつくと、中垣内はすっかり聞き役に回っていた。酩酊《めいてい》した頭の隅で、わずかに残っていた理性が「大人げない」と顔をしかめている。

「ごめんな。こんな、愚痴ばっかり……」

今更の謝罪に、中垣内は困ったように「いいですけど」と目を細めた。テーブル越しに藤島の手を握ってくる。

「先生。やっぱりオレがなぐさめてあげます」

「おまえが?」

「オレだったら、煙草吸わないですし、毎日家に帰って、毎晩先生のこと抱いてあげますよ。どうですか？」

彼は真剣だった。真剣な顔。真剣な声。口調。藤島の言うことを全肯定してくれる言葉。

——ああ。

「おまえが、あいつだったらよかったのに……」

ぽろっと落ちた涙と一緒に、本音が口からまろび出た。中垣内は「ひでえ」と笑っている。

「先生、本当に彼氏さんにベタ惚れなんすね」

「……なんで？」

涙をぬぐいながらたずねると、中垣内はあきれたように肩をすくめた。

「なんでも何も、オレ今、愚痴に見せかけてめちゃくちゃ長い惚気《のろけ》を聞かされましたけど？」

「はあ……？」

「……まさか無自覚だったんですか？」

中垣内ははっきり顔をしかめた。

「だって、先生の不満ってつまり、彼氏さんにもっと自分を好きだと態度で示してほしいってことですよね。長いこと留守にしないで、こまめに帰ってきて、そばにいて、抱いて、約束守って、長生きしてほしいって、そういうことでしょ」

「……そうだな」

「そこは自覚あるんですか。じゃあ、素直に伝えればいいじゃないですか。オレに愚直になれって言ったのは先生ですよ」

（素直に？）

一心に？　好きだって？

無理、恥ずかしいという思いが真っ先に湧いた。今まで彼に好きと言葉にして伝えたのは、彼からしつこくねだられて、「はいはい、好き好き」みたいに言ったときと、あとは、初めてセックスしたときくらいだ。いや、無理。だめだ。恥ずかしい。

だが、言われてみれば、こうやって、なんとなく照れたり恥ずかしがったり、腹を立てていたりして、もう長いことそんなことは伝えていない。それどころか、「出ていってくれ」という言葉を撤回したいということも、伴侶としてそばにいてほしいということさえ、まだちゃんと伝えられていなくて。

（愚直に……）

ふわふわとただよう意識に、中垣内の言葉が少しずつ染みてくる。藤島はじわじわと頬を染め、やがて耳から首から真っ赤になった。恥ずかしい。でも、言えたらいいと思う。思うが、自分の気持ちはちゃんと彼に伝わるだろうか？　まじめな話をいつも適当に受け流されて、腹を立てながら傷ついてきた心がこわがる。本心を口にするのは、こんなにこわいことだっただろうか。

「……そんなこと、言えるわけない」

両手で顔を覆い、呟いたときだった。後ろからぐいっと肩を摑まれた。

「痛……っ」

誰だと振り返った藤島の目に、信じられないものが映る。

「――一心？」

思わず、ぼけっと見上げてしまった。

異世界からやってきた人みたいな、南国ブルーのアシンメトリーな髪。いつも愛嬌たっぷりのファニーフェイスは今は真顔だ。

彼は藤島を見下ろして、荒い息のあいだから吐き出すように言った。

「やっと見つけた」

「……え？　一心？」

「ちょっと、何泣いてんの」

まだ混乱している藤島の顔を覗き込み、一心は剣呑《けんのん》に眉を寄せた。やや荒っぽく藤島の目元を親指でぬぐう。いつもの甘ったれな年下ぶりなどまったくない、別人のようにけわしい表情と、苛立ちを感じさせる指の強さ。藤島は余計に混乱した。

現実か？　本当に彼なのか？　だとしたら、なぜここにいる？　なんでそんなに不機嫌なんだ？

向かいの席であっけにとられていた中垣内のほうが、藤島より先に我を取り戻した。

「ああ……あんた、先生の甲斐性無しの彼氏さん」

わざと喧嘩を売るような言葉と態度に、ざっと藤島の血の気が引く。

「やめろ、中垣内」

だが、藤島をさらに戦慄させたのは一心の声だった。藤島には一度も聞かせたことのない低音が耳を打つ。

「確かに甲斐性はないかもしれないが、オレが亮さんの恋人だ」

ぐいっと強く腕を引かれた。強引に藤島を立ち上がらせ、肩を抱き寄せる。

「実習生の中垣内くんだろ？　名前に聞き覚えがあったんだ。高校時代にも亮さんにちょっかいかけてたやつ。この人に何した？」

「あ」

一心の言葉を聞いて、教育実習初日にそんな話をしたことを思い出した。あのとき確かに中垣内の名前を出したし、一昨日の朝もそういえば名前を口にしたかもしれない。

大人の本気の威圧を向けられ、中垣内は少し怯んだ顔を見せたが、「別に何も」と突っぱねた。

「フツーに酒飲んで、先生の愚痴を聞いてただけですよ」

「愚痴？」

一心がこちらに視線を向ける。藤島は眉を寄せた。

「おまえの愚痴だよ」

「ああ」と、納得したらしい彼は、ガリガリと青い髪を掻いた。

「それより、おまえ、どうしてここに……」

「彼の名前を思い出して、やっぱり止めるか、同席しようと思って、学校まで迎えに行ったんだ。学校から離れたところで声をかけようと思ってたのに、店に入る直前で見失ってて
……亮さん、電話かけても出ないしさ」

「え？」と、慌てて取り出したスマホには、ちょっとぞっとするくらいの着信履歴が残っていた。「おまえ」これはちょっと、と言いかけて、なんとか呑み込む。

「……ごめん。職場でマナーモードにしたまま忘れてた」

一心が大きなため息をついた。

「そんなことだろうとは思ったけどさ。ほんと、さっさと学校前で捕まえとけばよかった」

悪態こそつかないが、一心の声にも口調にも、抑えきれない苛立ちが噴き出している。

それが中垣内に対するものか、それとも自分に怒っているのかわからなくて、たじろいだ。

もう一度「ごめん」と謝ってしまう。

一心はちらっとこちらを見ると、「その話はあと」と言った。

「悪いが、これで帰らせてもらう。支払いはこれで足りるな？」

中垣内に向かって言い、自分の財布から万札を数枚、テーブルに置く。もしかして全財産じゃないだろうか。気にはなったが、とてもそんなことを言い出せる雰囲気ではない。

「大体の事情は知ってるが、もうこの人にちょっかい出さないでくれ。子供にとっては『先生』は大人かもしれないが、繊細な人なんだ。これ以上、この人を泣かせたらオレが許さない」

「一心」

静かな、だが、威圧感に満ちた声に、藤島は思わず押しとどめるように彼の胸に手を突いた。確かに中垣内にはちょっかいをかけられたが、それだけだ。トータルで見たら、この食事で割を食ったのはむしろ彼のほうだった。

穏便に済ませたい藤島の意図とはうらはらに、中垣内は一心に対して挑発的な態度をとった。ひややかに言い返す。

「よく言いますね。先生を泣かせたのはあんたのくせに」

ギョッとする。何を言う気だ。「中垣内」と制止したが、彼はまっすぐに一心を睨んでいる。

「……なんだって？」

一心の声が一段と低くなった。

「先生が泣いてたのは、あんたに冷たくされたからですよ。繊細な人だってわかってるなら、なんで放っておくんですか？　なんで、もうちょっと先生にやさしくしてあげないんですか。恋人のくせに連絡もせずふらふらして、泣くほど寂しがらせてるあんたのほうがよほどひどいと思います」

ぐ、と一心が言葉に詰まった。もっと言ってやってくれと思わないでもないが、これ以上、店内でもめたくない。「帰ろう」の意味を込め、一心の腕を引く。

一心は藤島の意図に気づいてくれたように見えたが、中垣内は止まらなかった。

「先生に、愚直になれって言われたから言いますけどね。オレ、頭にきてるんですよ。最初はちょっと抱かせてくれないかなくらいでしたけど、気が変わりました。オレだったら、こんなかわいい人のこと放っておいたりしないし、そばにいて、ちゃんと抱いてあげられます。恋人を放り出して、欲求不満にさせて泣かせてるなんて、あんた、先生の好意にあぐらかきすぎでしょう」

「……だとしても、それでオレを責めていいのは亮さんだけだ」

言い返したいことも、問いただしたいこともあっただろうに、踏みとどまった一心に、藤島はちょっと驚いた。こんな大人の理性を持ち合わせていたのだと、目が覚めるような思いがした。出会った頃とは言わないまでも、高校を卒業した頃から、中身はてんで成長していないような男だと思っていた。

　だが、その大人の思慮《しりょ》が、中垣内には腹立たしく感じられたらしい。反抗的に、ハッと鼻で笑い飛ばした。

「余裕ですね。オレ、先生に、自分のことを抱けるのかって聞かれましたけど？」

「おい、中垣内！」

　あれはそんな意味じゃない。慌てて止めるが、覆水盆《ふくすいぼん》に返らずだ。

「亮さん、どういうこと？」

　一心の怒気がこちらに向けられた。中垣内相手には加減していたのがよくわかる、対等な恋人同士だからこそその怒りをぶつけられ、思わず怯む。とっさに、きらわれたくないと思った。

「ちが……、それは」

　釈明しようとした瞬間、今までおとなしくしていた胃がギリッとねじれた。ぞうきんを絞り上げるような痛みに顔をゆがめる。腹を押さえながら、それでもこれだけはと弁明した。

「そうじゃなくて、ただ話の流れで……おまえは、俺の体を気遣って我慢してたって言ってたけど、やっぱり、好きならしたいもんじゃないかと……我慢できるのは、やっぱりおっさんにはあまり食指《しょくし》が動かないのかなって……単純に、その気になれるのか気になって……」

しゃべっている間も痛みは治まらず、脂汗が流れてくる。だが、一心には、藤島がうしろめたくてしどろもどろになっているように見えたのかもしれない。「はぁ⁉」と眉をつり上げた。

「なにそれ。オレの気持ちが信じられないってこと?」

「いや……」

「だいたい、オレ、『気をつけて』って言ったよね? 自分に気があるってわかってるやつにそんなこと聞くなんて、『抱いてほしい』って言ってるも同然じゃん」

冷たい怒気が、藤島の胃を締め上げる。「違う」と喉から声を絞り出した。

「どうだか。浮気でもするつもりだったんじゃないの」

「そんなんじゃない! 浮気なんて……俺はただ、おまえがその気になれないなら、俺こそ我慢しなくちゃって……」

「だから! オレは、亮さんさえいいなら抱きたいって言ってるだろ!」

吠えた一心が、青い頭を掻き混ぜる。大きなため息と一緒に一言。

「あーもう。また何か後ろ向きになってるね。自分でも言ってるけど、亮さんてほんと、一人でぐるぐる考え出すと面倒」

「そ……」

そんな言い方はないだろう――言い返そうと口を開いた瞬間だった。限界を迎えた胃が、ぐるんと一気にひっくりかえった。

「ウッ……、ぐ……っ！」

とっさに両手で口をふさぐ。隣に立っていた一心にもたれかかる。ダメだ、こんなところで吐くわけにはいかない。だが、痛みは激烈で、とても理性で耐えられるものではなかった。

「亮さん⁉　亮さん！」

顔色を変えた一心が、周囲を見回し、藤島を引きずるようにしてトイレへ向かう。

「いっ……、ン……ッ、……っ」

一歩一歩の振動さえ、直接胃を摑んで揺さぶられるようだった。一度ひっくりかえった胃は癖が付いたように何度も跳ね返る。せり上がるものをこらえられない。口の中が酸っぱくなる。一心がトイレの個室を開けると同時、便器の中へ顔を突っ込むようにしてぶちまけた。

「ぐ……っ」

喉奥からゴボッといやな音がして、二度、三度、くりかえす。

便器の中は真っ赤だった。それを目にした瞬間に、なんとか保っていた藤島の意識は、ブツリと音を立てて途切れた。

5

救急車が到着したとき、藤島は意識を取り戻していた。

たぶん気を失っていたのは数分だ。だが、初めての経験は、藤島を動揺させるのに充分だった。あの、ブツッとテレビの電源が落ちるような感じ。思い出すだけでもぞわっとする。

救急隊員たちが駆け込んできたとき、藤島はまだ一心に膝枕された状態で、トイレの床に横たわっていた。胃を掴んでねじり上げられるような痛みと、嘔吐《おうと》の衝撃、吐血の精神的なショックで朦朧《もうろう》としていたが、名前、症状、既往歴《きおうれき》、かかりつけ医と飲み薬の有無……頭に響く大声で矢継ぎ早に質問され、なんとか答えた。痛みもショックも大きければ大きいほど、「こんなときこそ自分がしっかりしなければ」という気持ちが強くなり、頭の一部だけはひどく冴えていた。

意識がはっきりしていたからだろうか。病院には一人で行くか、同行者がいるかを聞かれた。一心が「オレが」と言いかけたのをさえぎって、「一人で大丈夫です」と答える。

「なんで！　オレも付いてく！」

強く主張する彼を、担架《たんか》の上から「いい」といなした。

「俺はもう大丈夫だから、中垣内と店を頼む。いろいろ、迷惑かけてるから……」

「でも」

「頼む、一心」

大人ならわかるだろ、という言外の言葉に、彼は反論を呑み込んだ。

半個室とはいえ、あれだけ言い合えば周りの客にも聞こえていただろう。男同士の三角関係。トイレも吐瀉物《としゃぶつ》で汚してしまった上に、救急車を呼ぶ大騒ぎだ。学生の中垣内一人に後処理を押しつけることはできず、頼りにできるのは一心だけだった。自分は大人だ。自分で説明ができる状態だし、病院くらい一人で問題ない。

そうして限界まで張り詰めていた糸がゆるみ、隙間からひっそりと不安が忍び寄ってきたのは、救急車が走り出してからだった。救急車に乗り、とりあえずこのまま死ぬ心配はなさそうだと思えたからだろう。

ふと、置いてきた一心のことが頭に浮かんだ。人たらしにおいては右に出る者のいない彼のことだ。店のほうはうまく収めてくれているに違いない。中垣内を、ちゃんと帰してやってくれただろうか。また言い合いになったりしていないといいが――。

「……っ」

よくない想像をすると、途端にギリッと胃が痛む。同時に救急車が大きく揺れ、藤島は激しくむせた。こみ上げる吐き気を口に手をあてて抑える。

初めて乗る救急車は、お世辞にも乗り心地がいいとは言えなかった。路面の凸凹《でこぼこ》がそのまま背中を打ちつけるのがつらい。救急車を呼ぶほど具合の悪い人が乗るのだから、もう少し工夫すればいいのにと思う。一度完全にひっくり返った胃は、少しの揺れでも機嫌をそこね、ビクビクグネグネと不快に跳ねた。救急車の中で何度か嘔吐《えず》いた。シャンディガフ二杯しか入っていなかった胃からは、もう戻ってくるものもなかった。

長く感じる病院までの道のり、藤島はぼんやりと一心のことを考えた。

藤島が「一人で」と言ったから、救急隊員は「付いていく」と主張する彼に取り合わなかった。残された彼は、救急車のドアが閉まる瞬間まで、自分のほうが死にそうな顔でこちらを見ていた。なさけない顔が目蓋に浮かぶ。

(心配してくれてた、よな……)

たぶん。あの場面で演技ができるやつじゃない。けれども、自分が吐血などしたせいで、喧嘩は中途半端になってしまっていた。たぶん、浮気の誤解は解けたと思うが。

――自分でも言ってるけど、亮さんてほんと、一人でぐるぐる考え出すと面倒。

あきれた声。表情。大きなため息。ベッドでは、まじめに悩んでいるのをかわいいと言ってくれたのに、本音ではやっぱり面倒くさいんじゃないか。

思い出すだけで胃がキリキリし、涙が出た。自分でもおかしいと感じるくらい動悸が激しくなる。心拍のモニターを見ていた救急隊員に、「大丈夫ですか」と声をかけられてしまった。「大丈夫です」とうなずき、意識から彼を追い出す。

搬送先は、藤島の職場近くにある市民病院だった。固く冷たいベッドで診察や検査を待っているあいだも、やっぱり一心のことは心に重くのしかかっていた。容態が落ち着いてくると同時に、一番の懸念について考えずにはいられなくなる。考えないほうがいいとわかっていても、考えてしまうのが藤島なのだ。

——自分でも言ってるけど、亮さんてほんと、一人でぐるぐる考え出すと面倒。

本当に彼の言うとおりだった。挙げ句に、こんな、吐血で搬送だなんて、大ごとにして。

(俺に愛想を尽かしたんじゃないのか?)

今すぐ一心にたずねたい。いつもみたいに、「そんなわけないだろ」と言ってほしい。だが、ここに彼はいない。他でもない、藤島が付いてくるなと言ったから。

「一人で大丈夫」と思ったのも、店の処理を彼にしか頼めなかったのも事実だが、少しずつ後悔が膨らんだ。なんで付いてきてもらわなかったのだろう。病院にも、中垣内との話し合いにも。

最初から意地を張らず、彼に一緒に来てもらっていれば、中垣内にうかつな発言をすることも、そのせいで一心に浮気を疑われることも、本心をもらして「面倒」なんて言われることもなかっただろう。こんな搬送騒ぎを起こすこともなかったかもしれない。

時折腹が思い出したようにギリギリと痛む。不安と後悔がいや増した。まさかこのまま死ぬなんてことはないだろうが――。

後悔は、入院や手術・検査に関する同意書を渡されたときに噴出した。同意書の身元引受人欄には、原則家族・親族しか指定できないと書いてあった。たとえ十五年連れ添った相手でも、「山崎一心」の名前は、せいぜい連帯保証人欄にしか書けない。同性愛者にとっては「あるある」の問題だが、書類というかたちで目の前に突きつけられるとやはりショックだった。今、藤島が本当にそばにいてほしいのは、両親でも弟でもなく、一心なのに。身元引受人どころか、自分はまだ、彼に「一生一緒にいてほしい」ということすら伝えられていないのだ。なのに、こうしているあいだに一心が愛想を尽かして出ていってしまったらどうしよう――。

こういうところが、「面倒」と言われるのだ。わかっているが止まらない。万が一にも彼を失いたくない。ぐるぐると渦《うず》を巻く後悔と不安が涙になってシーツを冷やす。胃カメラに呼びにきた医師が、「痛みますか?」と心配していた。

記入した手術・検査同意書を渡しながら、連帯保証人の山崎一心という男にも連絡をして、彼が来たら病室に入れてやってほしいと頼んだ。

「十五年連れ添った、つれあいなんです」

――もう愛想を尽かされてしまったかもしれないが。

医師は「検討します」とだけ答えた。

胃カメラは全身麻酔だった。事前に説明を受けたはずなのだが、思っていた以上に動揺していたのか、説明の内容はよく覚えていない。人工呼吸器みたいなマスクを着けられたと思ったらスコンと意識が遠のいて、次に知覚したのは枕元で話す人の声だった。

「そんなに泣かないでも大丈夫よ。先生も単なる胃潰瘍《いかいよう》だって言ってたじゃない」

場違いに明るい母の声が、はっきりと耳に飛び込んでくる。病院で、しかも息子が運ばれたというのに、いつもと変わらない、サバサバと朗《ほが》らかな声だった。胃潰瘍か。安心する。吐血なんかしたものだから、自分でも驚いた。

それにしても、泣く？　誰が？

内心で首をかしげた藤島に答えを示すように、「本当にすみません」と、聞き慣れた声が言った。

（一心）

そこにいるのか――いや、これは夢なのか？

愛想を尽かされたかもしれないと思っていたところへ、彼と母が会話しているという予想外のシチュエーション。もしかしたらまだ自分は夢の中にいるのかもしれないと思う。

だが、医療機器の電子音や、何かゴソゴソ身動きする音、ビニール袋を開く音などはやけにリアルだ。どうやら夢ではないらしいと見当を付ける。

（来てくれたのか）

一心が病院まで来てくれた。そのことが、まず、何よりもうれしかった。声をかけたい。だが、まだ体は覚醒しない。頭どころか目蓋さえも持ち上がらない。もどかしい気持ちで耳を澄ませる。

「亮さん、繊細なのに、オレがめちゃくちゃ心配かけたり、怒らせたり、傷つけたりしたから……」

驚いたことに、一心の声はべしょべしょに泣き濡れていた。

（なんだおまえ、泣いてるのか？）

三十を越えた大の男が身も世もなく泣いていることにも驚いたし、それが一心だということにも驚いた。正直なところ、一心はそこまで他人に心動かされるタイプの人間だとは思っていなかった。たとえ相手が藤島であってもだ。

（おいおい、泣くなよ）

子供か。と、思ったが、振り返ってみれば、本当に子供の頃ですら、藤島は一心が泣いているところを見たことがなかった。階段から突き落とされて骨折したときでさえ、藤島には「たいしたことない」と言っていた。素直で感情豊かな男だが、彼なりのプライドがあったのだろう。もしかしたら、藤島に子供だと思われたくなかったのかもしれない。

その一心が。

（……そうか。俺のために泣いてくれるのか）

申し訳なさが胸に湧いた。と同時に、彼が自分のためにまだこんなふうに泣いてくれるのだということがうれしかった。そんなふうに感じるのは彼に悪いと、わかってはいるのだが。

母が「だーいじょうぶよ」となぐさめている。

「どうせこの子がいつもみたいに、一人で深刻ーに後ろ向きーに悪いほうへ悪いほうへ思い詰めちゃっただけでしょ」

「まあそうなんですけど……」

（おい。そこ、肯定するのか）

突っ込みたくなったが、母は「よくわかってるじゃない」と笑っている。

「でも、血を吐くほどストレスかけてたなんて。亮さんが血を吐く直前にも、オレひどいこと言っちゃって……」

「あら、なんて？」

「あー……その、亮さんがそういう性格を気にしてるって知ってたのに、『一人でぐるぐる考え出すと面倒』と……。本当は、『一人で考えないで、ちゃんとオレを頼ってよ』って続けたかったんですけど、亮さん、倒れちゃって」

（……そうだったのか）

どっと安堵が押し寄せる。こみ上げたものが目蓋を濡らす感覚があった。

「あらー。まあ、ひどいと言えばひどいかもしれないけど、言われてもしょうがないやつね。父親に似て、ほんと面倒くさいんだから。あなたみたいな子がそばにいてくれるだけで安心するわ」

母が勝手なことを言っている。その後ろ向きで面倒くさい息子を産み育てた親だからこそ、倒れて運ばれた息子をいたわってくれてもいいんじゃないのか？

ともあれ、一心を泣き止ませたくて、さっさと起きようと決心した。

聴覚だけが起きている状態だったが、意識すると、すべての感覚が覚醒していく。触覚。嗅覚。最後にやっと目蓋が上がって視界が開ける。薬で鈍らされているのか、さっきまでぞうきんをねじるように激烈だった胃の痛みは、ぼんやりと遠いままだった。

最初に目に入ったのは、枕元に並んでいる母と一心だった。一心は予想を上回る豪快な泣き顔だ。悪いと思いながらも笑ってしまった。実際には鼻から小さな息が抜けただけだったが、二人の目は同時にパッとこちらを向いた。

「……ひでえ顔……」

そう言う藤島の声こそひどくかすれている。しゃべろうとすると、喉の奥がヒリヒリ痛んだ。そういえば、胃カメラを入れるときに喉だか食道だかを痛めるかもしれないと聞いた気がする。

「亮」

「亮さん」

母と一心が顔を覗き込んでくる。二人の背後に父の姿も見えた。「大丈夫か？」と聞かれる。

痛む喉から押し出した。

「ごめん」

三人は三様にうなずいた。


ナースコールに呼ばれた医師がやって来て、病状の説明をしてくれた。やはり胃潰瘍とのことだ。ここまで悪化させるのはめずらしいようで、十日間の入院を言い渡された。その後最低四日は自宅療養らしい。合わせて二週間の欠勤だ。

真っ先に考えたのは仕事のことだった。教育実習の監督と評価。実習後の授業のフォローの下準備。二週間の予定が、ざーっと脳内を流れていく。なるべく早く連絡を入れなくてはならないが、週末だし、今夜はもう遅い。明日の自分にまかせることにした。

聞けば、両親は車で駆けつけてくれたらしい。父は明日も剣道部の指導があるとかで、藤島の意識がはっきりしたのを見届けると帰っていった。母から「あとよろしくね」と託されたのは一心だった。まるで家族に対するような気安さと信頼感で。

「いつの間に仲良くなったんだ？」

少しだけベッドを起こしてたずねる。枕元のパイプ椅子に座った一心は、憔悴《しょうすい》した表情で答えた。

「亮さんが麻酔で寝てるあいだ」

「そうか。……よく病室に入れたな。誰が入れてくれたんだ？」

「お父さんとお母さんだよ。ていうか、ここの病院を教えてくれたのもお母さんだから」

心底うらめしそうに一心は言った。病院は、彼に連絡してくれなかったらしい。

「亮さんがオレのこと置いていっちゃったから、どこの病院に運ばれたのかもわからなくて……あのあと一度家に戻ったんだけど、全然連絡つかないし。スマホにめちゃくちゃ電話かけてたら、お母さんが出てくれた」

「……そうか」

入院に必要なものを持って両親が実家から病院に駆けつけるまで、どんなに早くても二時間弱はかかっただろう。その間、一心はずっとやきもきしながら待っていなくてはならなかったのだ。痛みの上に、動転してスマホの存在をすっかり忘れていたが、せめてメールくらいするべきだった。

「悪かった」

藤島の謝罪に、一心は「何が？」と聞き返した。声が低い。さっき、居酒屋で中垣内に向けられていたのと同じ声音。これは相当怒っている。

――何が。

藤島は一度目を閉じ、ゆっくりと開いた。天井の蛍光灯がまぶしい。両目の上に右腕をかざした。

「一つは、救急車に一人で乗ったこと」

「ほんとだよ。まあ、店のことを中垣内くんに丸投げできないってのはわかるけど、せめてどこに運ばれたかくらいは連絡して」

「そうだな。悪かった。……そうだ、中垣内は？」

一心の口から名前を聞いて、彼の存在を思い出す。

一心は眉尻を下げてちょっと笑った。

「亮さんが運ばれてったあと、一緒に店の人に謝って、ちょっと話して帰したよ。亮さんのこと、すごく心配してたし、反省してた。亮さんにちょっかいかけたり、亮さんが気の毒になってオレにやきもちやかせようとして突っかかったりして、結果的に追い詰めて申し訳なかったって」

「……あいつが？」

「亮さんが言うとおり、そんなに悪いやつじゃなかった。体が楽になったら、連絡してやれば？」

「そうする」

うなずきながら、内心、思わぬ発言に驚いた。彼が自分にも他人にもおおらかな人間だということは知っていたが、こんな懐《ふところ》の深さをもっていたなんて。

だが、藤島が感心しているそばから彼は言うのだ。

「けどさぁ、あいつ、本気で亮さんのこと好きだったよね？　そういうやつと二人っきりで飲みに行くとか、ホント、どういうつもり？」

いきなり嫉妬深い恋人の顔になった一心に、藤島は目を丸くし、噴き出した。

「亮さん」

とがめる表情と声音に、「……いや、悪い」と謝る。一心は本気で嫉妬して、心配してくれているのだ。胸の奥がむず痒いような、くすぐったいような気分になって、ほほ笑んだ。

「それも謝ろうと思ってた。おまえを巻き込みたくないと思って一人で行ったけど、意地を張らずに一緒に行ってもらえばよかった。ごめん」

謝ると、一心はちょっと微妙な顔をした。思いがけず藤島が素直に謝ったので、胸に渦巻く文句のやりどころがないといったところか。

はーっと大きなため息一つ。ガシガシと頭を掻いて、「……いいよ」と許してくれた。

「反省してるなら許す」

「えらそう」

「本当に反省してんの？　亮さん、なんかまだ勘違い……っていうか思い込んでそうだけど、四十前になって魅力がなくなったなんてこと、全然ないからね？　年相応以上に格好よくて、自分の魅力もよくわかってて、それを維持する努力もしてて。でも全然チャラチャラしてなくて、全方向にまじめ過ぎてストイックっていうか、一周回ってかわいいみたいなのが、なんていうか、刺さるんだよ。オレとか、中垣内くんみたいなやつには」

「はぁ……」

よくわからない。「刺さる」とは何だ。

感覚的な話だとは思ったが、一心が本気で今の藤島を魅力的だと思ってくれていることは伝わってきたし、信じられた。素直に「ありがとう」と付け足しておく。

一心は不満そうな顔をした。

「本当にわかってる？　あと、たぶん、女の子の一部にもモテてるだろ。格好いいのにがっついてないから」

「あああ……」

「だろうね。まあ、女の子にもてるのはいいんだ。しょうがないし、亮さんの浮気相手にはなりえないから。だけど、中垣内くんみたいなのはダメ。二人っきりで飲みにいかないで。下ネタも禁止。亮さんみたいに普段禁欲的な人がそういう話をすると色っぽくなりすぎる。あと、冗談でも気を持たせるようなことは言わないこと」

「わかった。もう絶対しない」

藤島はこくこくとうなずいた。

中垣内については、むしろ悪いことをしたという気分のほうが強い。倍も年上の指導担当教員が、恋愛の話で惚気て愚痴って、挙げ句の果てに搬送騒ぎだ。藤島の性的指向については口止めの機会を逸したが、さっきの一心の話を聞くに必要ないと感じた。話し合いの冒頭で釘も刺したし、バランス感覚にすぐれたやつだ。吹聴はしないだろう。

それはそうと。

「ちょっと前から思ってたんだが、おまえ、結構嫉妬深いな」

藤島がにやりと笑うと、一心は少しばつが悪そうな顔をした。

「……オレも、意外に思ってる」

自分の自由人っぷりを棚に上げて、という自覚はあるらしい。先ほどの彼を真似て、

「いいよ」と許した。

「別に浮気したいわけじゃないし、別れたいわけでもないし」

「えっ」

一心が大きな声をあげたので、藤島はびっくりした。それから、ああ、と思い出す。

「一番大事な話をしていなかったな」

そのときだ。巡回の看護師が病室に顔を出し、一心を一瞥《いちべつ》した。経過観察室に藤島たちしかいないのをいいことに、結構大きな声でしゃべっていたので恐縮する。

「もう面会時間は終わってますので。患者さんが落ち着かれましたらお帰りくださいね」

一心が「はい」と頭を下げる。

彼が帰ってしまう前にと、藤島は再び口を開いた。看護師には申し訳ないが、どうしても、今のうちに話しておきたかった。

「一心。もうちょっとだけ、まじめに聞いてくれ」

藤島の真剣な声音に、一心もパイプ椅子の上で姿勢を正す。

「何？」

藤島は彼の目を見つめた。彼が帰ってきてから六日。それなりに話し合いもしたはずなのに、初めてきちんと向かいあったような気がした。

――素直に。愚直に。

大きく一つ深呼吸する。

「一心。いきなり出ていってくれなんて言って悪かった」

切り出すと、彼は目がこぼれ落ちるんじゃないかと心配になるくらい、大きく垂れ目を見開いた。

「許してくれるか？」

たずねると、彼は我にかえったようにパチパチと瞬きをした。

「許すもなにも……調子に乗って出歩きすぎたのも、連絡つかなかったのも、煙草やめられなかったのだって、元々オレが悪かったんだし」

「そうなんだけどな」

苦笑する。

「でも、俺も、今までの不満とか不安とか、ずっと腹に溜め込んで、いきなり爆発するような怒り方して、おまえは戸惑っただろうなとか……そういうとこも含めて、やっぱり一人で抱え込んでぐるぐる悪いほうへ考えるのは悪い癖だって反省した。おまえに、事前に相談しろって怒ったけど、俺だって、ちゃんと相談できてなかった」

「うーん……」と、一心は頭を掻いた。

「でも、そうやって一つひとつまじめに考えられるのは亮さんのいいところでもあるし……。こないだも言ったけど、一人で抱え込んじゃわないで、オレに相談してくれるんだったら、真剣に悩んでる姿もかわいいなって思うんだよ」

ついというように入る彼のフォローは、やっぱりおおらかで、藤島への好意にあふれている。そう言ってくれる彼だから好きなのだ。「愛している」という言葉が、何の抵抗もなく胸に生まれた。

噛みしめて、「ありがとう」と、ほほ笑む。

「本当は、ちょっと俺が我慢してでも、おまえと続けていけたらと思ってたんだけど」

「いや何言ってんの、話し合おうよ！」

叱られて、「うん」とうなずく。

「やっぱり、一人で我慢するのは違うよな。そう言ってくれるおまえと、ちゃんと話し合って、納得して、これからも一緒に生きていきたいというのが、俺の結論だ」

一心をまっすぐ見つめてたずねる。

「おまえは？」

俺は面倒くさいことを言う。自由にさせてやりたいけれど希望は出す。もし呑めないなら、話し合いたい。両者の希望をすり合わせたい。そうして、互いに納得して、窮屈にならずに、一緒に生きていく道を探していきたい。――おまえは？

一心は、わずかに目を見開いて、それから、何度もうなずいた。唇がわなないて、開いて、閉じて、また開いて、「うん」と答える。

「……うん。オレもそうしたい。そうしよ」

言いながら立ち上がり、感きわまったように抱きついてくる。

受け止めて、背中に手を回した。こうして彼とゆっくり抱きあうのも、ものすごくひさしぶりな気がする。先日の朝のあれは、やっぱりちょっとなし崩しすぎたから。

抱きしめた背中をトントンとゆっくり叩いた。

「その上で、おまえにお願いがある」

「うん」

藤島は舌で唇を湿した。

「今後についてだけど。旅には、これまでどおり、自由に行ってくれてかまわない」

一心は、また「うん」とうなずいた。

「ありがとう。亮さんは、しっかり地に足着けて生きてるのに、いつもそうやって、オレを自由でいさせてくれようとする」

「言ったかどうか忘れたけど、おまえの自由さは、ずっと俺の憧れだ。おまえが風穴を開けてくれるから、俺も息苦しくなりすぎないで済む。たぶん、おまえみたいに生きたいと思っているやつは、結構いるんじゃないか。ただ、多くの大人が俺みたいに、先が不安でできないだけで」

そして、「どうとでも生きていける」と言えるしなやかさは、彼の強さで、大きな長所だ。

「そうかもね」と、一心はうなずいた。

「ただし、どこに行くのかは伝えてくれ。無事かどうかを確認する方法と、緊急時の連絡方法も」

「わかった。約束する」

即答だった。彼が束縛を嫌うとわかっていて、それでも願ってしまう藤島を、一心は許してくれた。

彼なりの理由もあったようだ。

「オレ、今日、二回、亮さんに連絡がつかない状態になって、本気で反省したんだよ。あれもう、ホント、めっちゃ焦る。毎回あんな気分にさせてたんだとしたら、ほんとごめん」

実感のこもった謝罪に、ちょっと笑った。心から「今度からやらないならもういいよ」と言える。

「あと、」と、続けようとして、藤島は唾を飲み込んだ。

緊張で喉がカラカラだ。熱くなった顔は真っ赤だろう。抱きあっているから見られずに済むが、声がひっくり返りそうだった。

――素直に。愚直に。

ただそれだけのことが、大人にはこれほどにも難しい。大人の正論はまだいいが、格好悪いことや、恥ずかしいと思うことになるとダメだ。簡単そうにアドバイスして、中垣内には悪いことをした。

改めて、一心の美徳を知る。彼の素直さもやはり彼の大きな長所だった。

「……亮さん？」

不自然な沈黙を不審に思った一心が、体を離し、顔を覗き込んでくる。真っ赤になった顔を見られた。わずかに瞠った目を細め、一心が甘やかすように言う。

「どうしたの？　まだ言いたいことがあるんだろ？」

「ああ……いや、……うん」

もう一度、大きく息を吸い込んで、口を開いた。

「……その、旅に行くのはいいけど、……」

「いいけど？」

「……俺のことを、忘れずに帰ってきてほしい。できるだけ……ああでも、おまえがストレス溜めない程度でいいから、長く一緒にいてくれるとうれしい」

「うん」と、一心はうなずいた。垂れ目を、シロップみたいに甘ったるくとろけさせて。

「こんなかわいい人、忘れちゃうわけないだろ。調子いいこと言うようだけど、オレ、本当に、どこにいたって、亮さんのことを忘れたことはないよ。帰るところは亮さんのところだって、いつも思ってる。亮さんのやさしさに甘えて、出歩きすぎたのは、ごめん。オレも、改めて、亮さん放っとけないなと思ったから、なるべく……もうちょっと家にいる」

「……そうしてくれ」

恥ずかしい。もう、じたばた暴れたくなるほど恥ずかしい。夜の病室で、片手を点滴につながれたベッドの上で、そんなことはできないが、四十路目前のおっさんには恥ずかしすぎる。でも、もっと恥ずかしいことを、これから言わなくてはならない。

「……煙草はやめて、長生きしてくれ」

「うん。今度こそきっぱりやめる」

「嘘はもうつかないでくれ。おまえを疑いたくはない」

「信じてよ。今度こそ、絶対に守る」

「頼んだぞ。信じるからな」

念を押し、わずかな間をおいて、藤島はじわりとうつむいた。

――素直に、愚直に。もう一度、自分に言い聞かせる。

一心が「亮さん？」とうながす。彼の肩口に額をあずけて顔を隠し、目を瞑って、口を開いた。

「さ……寂しい、から、その、……老《ふ》けた俺でもいやじゃなければ、……時々でいいから、キスとか、セックスもしてほしい」

「する！　もー、するってば！」と、一心は藤島の唇に噛みつくようなキスをして、ぎゅっと強く抱きしめてきた。

「こないだから何度も言ってるけど、オレはしたいの！　キスはまあ、確かに減ってたから反省した。たくさんするから、亮さんからもして」

「……ああ」

（そうか）

待つだけじゃなく、自分からもすればいいのか。目からうろこが落ちた気分だ。

「でも、セックスは、体がつらいって言う亮さんのために我慢してたのに……。したいから。亮さんが、していいって言ってくれるなら、もう我慢しないから。がっつくと思うけど、文句言わないでよ？」

あまりに切実な口調で言うから、笑ってしまった。本当にそうなんだと信じられる。

「お手柔らかに頼む」と答えた。なにしろ、もうすぐ四十なので。

点滴につながれていないほうの手で、彼の背中を抱きながら続ける。

「今の約束が守れるなら、パートナーとして役所に登録して、両親にも……まあもう、顔合わせは済んだみたいだけど、改めてあいさつしてほしい。代わりに、指輪と、俺が死んだあとの財産をやる」

まじめに心から言ったのだが、一心はふはっと噴き出した。

「財産なんかいらないから、オレと一緒に長生きしてよ。あいさつくらい、いくらでもする。亮さんをお婿《むこ》さんにくださいって、お父さんとお母さんにちゃんと言うから」

これには藤島も笑ってしまった。

「バカ。そんなこと言わなくていい」

「なんで⁉」

「もらうとか、やるとかじゃなく、おまえと一緒にいたいだけなんだ」

「……」

藤島の言葉に、一心は声を詰まらせた。「うん」と何度も、何度もうなずく。

「一緒にいよう」

一緒にいたい。一生、一緒に生きていきたい。

とてもシンプルな二人の結論を、一心は改めて噛みしめているようだった。目元をこすりつけられたパジャマの肩口がひんやりと湿る。彼の涙に引きずられたように、藤島の目もじんわりと潤んだ。片手で彼の後頭部を撫でる。

「……ありがとう。おまえは、こういうの嫌いかと思ってた」

「なんで？」

「家に縛られるみたいじゃないか？」

「そんなことないよ」と、彼は顔を上げた。涙で濡れた目が光っている。

「亮さんは何か勘違いしてるみたいだけど、オレのほうが、亮さんがいないとダメなんだ」

藤島は耳を疑った。

「おまえが？」

彼がそんなふうに思っているなんて、考えたこともなかった。だけど、一心は「そうだよ」とうなずく。

「亮さんみたいな人、他にはいない。まじめで、すごくまっとうで、地に足が着いた生き方をしてて。オレのことをちゃんと好きでいてくれて、オレが生きづらくなるほど束縛したりは絶対にしない。ちゃんと、ギリギリのところを見きわめてくれる。他の人に束縛されるのはごめんだけど、亮さんにならされてもいい。誰かが紐を持っておいてくれるほうが、オレだって安心してふらふらしてられる。あてどもなく飛んでいきそうなこわさを感じなくて済む。亮さんが地上につないでおいてくれるから、オレはかろうじてまっとうな人間でいられるんだ」

「……そうか」

噛みしめるように、藤島はくりかえした。

「そうか。じゃあ、しかたないな」

「うん」

「一緒にいよう」

「うん」

一心は何度もうなずいた。何度も、何度も。不自由な体勢で抱きあって、二人とも少し泣いた。

長い時間を過ごすうち、恋はいつしか変質する。嫌いになったわけではない。でも、つきあいだした頃の情熱も、若気の至りも、いつまでもは続かない。きっと多くの人に同じことが起きるのだろう。「なんとなく」「別れる理由がないから」一緒にいる。けれども、別

れたいわけじゃない。一緒にいたいと願っている。

いつか、キスもハグもセックスも、しなくなる日が来るかもしれない。容色も年相応に衰えていく。それでも、一緒にいたいと願う。五十になっても、還暦を過ぎても、死ぬときまで、彼と共にありたいと思っている。その関係を、「愛」と呼ぶか、「惰性」と呼ぶか、「冷めた」と断じるか。どう名付けたいと思うかこそが、二人の関係を言い表すのかもしれない。

その年齢ごとの、ありのままの関係を、いつも「愛」と呼べたなら――。

「亮さん」と一心が呼ぶ。

涙のあとの残る顔で、彼は晴《は》れ晴《ば》れと笑った。

「愛してる」

――きっと、死ぬまでしあわせだ。

二度目の春も犬は食わない

1

暇だ。暇。暇すぎる。

自分の腕から繋がれた点滴の管を見つめる。ぽつぽつと一定の速度で落ちる輸液《ゆえき》を、藤《ふじ》島《しま》はもう長いこと数え続けていた。六百二十八。六百二十九。六百三十……。

暇すぎて、完全なる思いつき、下四分の一ほどに減ってから数え始めたのに、結構な数になっても全然終わらない。ぼんやりと数え続けながら小さく息をついた。一昨日、四人部屋に移ったので、音には極力注意している。病身の同室者に、鬱々《うつうつ》としたため息を聞かせるのは申し訳ない。

とはいえ、入院三日目の今、藤島はストレスでぐったりしていた。

暇。とにかく暇なのだ。

昨今、何かとブラック扱いされる学校教員だが、騒がしくも愛しい生徒たちとの日々を、藤島は気に入っている。だが、ここには「宿題忘れた」だの、「失恋した」だのと騒ぎ立てる子供は一人もいない。「家族とうまくやれない」とか、「学校に行きたくない」とかいったSOSも届かない。常から若者の有り余るエネルギーにさらされ、時に複雑でナイーブな心と向き合っている藤島にとって、何もせずベッドに横になっているだけの時間は静かすぎておかしくなりそうだった。

　中垣内《なかがいち》には、ベッドから下りられるようになってから電話を入れた。愚痴《ぐち》った上に搬送騒ぎ。教育実習も、結局最初の一週間しか見てやれなかった。迷惑をかけたことを詫びたら、逆に、ちょっかいをかけたことを謝られた。

『あの後、彼氏さんとはうまくいったんですか？』

　たずねられ、「ああ」と答えた。

『なんだ。よかったですね。ちょっと話しただけですけど、悪い人じゃないのはわかりました。先生が愚痴るほど腹立てててても嫌いになれないの、わからなくもないです。ま、オレのほうがいい男ですけど』

　そう言って藤島を笑わせ、中垣内は『お幸せに』と電話を切った。からかい半分に言い寄られ、迷惑もしたが、やはりどこか憎めないやつだった。

　もうそろそろ六時間目が始まる時間だ。教育実習は順調に進んでいるだろうか。同僚たちに分担してもらっている授業はどうだろう。保健室登校のあの子はどうしているだろうか……。せめてベッドにノートパソコンを持ち込みたい。思いあまって医師にかけあってみたが、あえなく却下されてしまった。藤島が吐血に至った胃潰瘍《いかいよう》の原因は主に対人関係のストレスで、仕事は直接関係ない。が、医師も看護師も、とにかく「今は治療に専念してください」の一点張り。今度は「暇」というストレスでどうにかなりそうだ。

　それでもなんとか二日はやり過ごした。一日目は、体が回復することに全力を注いでいたようで、うとうとまどろんでいるうちに終わっていた。二日目は、スマートフォンで、ネットニュースと、前から読みたかった文庫本二冊、中高生に人気の少年漫画シリーズを読んだ。これらはベッドで時間を潰すのにもってこいだったのだが、何時間もぶっ続けでスマホを見ていたら、てきめんに視神経にきた。眼球の奥がしくしくして、鈍く重い後頭部の痛みにつながっている。典型的な眼精疲労だった。目薬を差し、目を閉じればいくらかましになるのだが、スマホを見るとすぐに痛みだす。というわけで、三日目の今日はやることがなくなった。

「暇……」とうわごとのように呟く藤島に、本日担当の女性看護師は「テレビでも見たらどうですか？」と勧めてくれた。が、あいにくニュース以外は見る習慣がない。一心《いっしん》がテレビカードを買ってきてくれたものの、昼の情報番組や夜のバラエティのノリについていけず、見る気になれなかった。

　ぽつぽつと落ちる輸液は、八百四十六を数えたところで空になった。ナースコールで看護師を呼ぶ。これで昼食代わりの点滴は終わりだ。口からとる食事と違い、点滴は空腹をおぼえることはないが、満腹感もない。食後の眠気も襲ってこない。管につながれて生かされるとはこういう感じかと、つい老後に思いを馳せてしまった。

　スマホを開き、メールを送った。

〈早く来い〉

〈えっ、何？　どうした？　調子悪い？　三時になったらすぐ行くから！〉

一心のメールは字面だけでもうるさい。彼の口調や声まで浮かんで、くすりと笑えた。

端的に〈暇〉と返事をした。

自分にとって何が一番の暇潰しかなんて、考えるまでもない。


「あーきらさん」

午後三時。約束どおり、面会時間の開始と同時に一心はやってきた。だが、カーテンの向こうから声をかけてきただけで、中に入ってくる気配がない。

「一心？」

藤島が呼ぶと、「じゃーん」と言いながら、両手でカーテンをバサリと開けた。

藤島は、目を丸くした。

「えっ、髪」

髪が黒い。そして、短い。ゴキゲンな南国ブルーはナチュラルな黒髪に染め直され、アシンメトリーだった前髪はばっさりと切られている。

実を言うと、彼の破天荒《はてんこう》な髪の色は、病院内で噂になっていた。とにかく愛想がよく愛《あい》嬌《きょう》があるので悪く言われていたわけではないのだが、病室や病棟の廊下ですれ違うと、とくに年配の方々がぎょっとするのだ。看護師に「あの人、すごい髪の色ね」と言われたのも一度や二度ではなく、他人の目が気になるたちの藤島は、「染め直してこい」と言っていた。その言葉どおり、染め直してきたらしい。

「ついでにバッサリ切りましたー。どう、似合う？」

得意げに言う彼は、シンプルなTシャツにデニムパンツ、手にはトートバッグという格好だ。

「似合うよ。その髪でそんな格好してると、高校生の頃を思い出すな」

藤島が言うと、一心はにやっと笑った。

「亮《あきら》さん、こういうの好きだろ？」

「人を犯罪者みたいに言うんじゃない」

高校教師が「高校生スタイルが好き」なんてしゃれにもならない。いや、高校教師だって、「好感度高いな」くらいは他意なく思うが、職業柄、口に出したらアウトだ。

パイプ椅子に腰掛けた彼と視線の高さが合うように、藤島もベッドの頭部を上げた。ちょっと美容院の匂いがした。

一心がミネラルウォーターのペットボトルを開けながらたずねる。

「そういや、さっきのメール、どうしたの？　なんかあった？」

「書いたとおりだ。暇すぎて死ぬ」

ぼやくと、一心はかろやかに笑った。

「そんなことで死なないでよ。一緒に長生きしてくれるんでしょ？」

「一心」

こんな他人もいる場所で何を言い出すのか。

あわててとがめるが、彼は笑って受け流した。帆布地《はんぷじ》のトートバッグから、いそいそとクリアファイルを取り出す。

「見て。オレも長生き頑張ることにした証拠」

そう言って差し出されたパンフレットの文字は、

「……禁煙外来？」

「そう。朝一番に予約が取れてさ。髪切る前に行ってきた」

こちらを見つめる一心は、褒めて褒めてとニコニコしている。おまえは犬か。いい年してとあきれる一方で、かわいいなとも思う――思ってしまうんだよなぁと、藤島は頭を抱えたくなった。

藤島は元々抑制的な性格の上、他人の面倒を見るのが嫌いではなく、甘えられるのに弱い。家庭教師と生徒だった頃と同じ、素直であけすけな感情表現には、藤島に対する「好き」があふれていて、つい甘やかしたくなってしまう。先日の居酒屋での一件で、これはあくまでも彼が藤島に対して見せている一面に過ぎないと知ってしまったからなおさらだ。

期待に満ちた目で反応を待っている彼の頭を、ぽんと軽く叩いてやる。パンフレットをめくりながらたずねた。

「禁煙外来って自費じゃないのか？」

「オレもそう思い込んでたんだけどさ、保険適用されるんだって。三ヶ月で薬代込み約一万六千円」

「結構な額じゃないか」

「まあね。でも、しばらく在宅仕事にしたことだし、きっぱりやめられるならいいかなって」

「はぁ」

そうは言うが、煙草《たばこ》なんて所詮《しょせん》嗜好品《しこうひん》だ。その気になれば自分の意思でやめられるんじゃないのか。と、思わないでもなかったが、言わないでおいた。学校の敷地内が全面禁煙になり、泣く泣く禁煙外来に通っていた人を何人か思い出したのだ。

なにより、これは彼の決意表明なのだった。煙草をやめて長生きしてくれと言った藤島に、伴侶《はんりょ》としてきちんと応えるよ、と目に見える行動で示してくれている。それがわからない藤島ではないので。

「本気でやめる気になったのはえらい」

「だろ？」

褒められた一心は、今や得意満面、笑顔全開だ。犬。犬だな。どう見ても大型犬。バカなほどかわいいやつ。

藤島がそんなことを考えているとも知らないで、彼は、見て見て、と薬袋の中身をシーツに落とした。

ニコチンタブレットが二週間分。藤島が今飲んでいるような、よくある銀色のシートではない。一日二回、朝夕に飲む分ずつわかりやすく分けられている。

「先に薬を飲み始めて、一週間後から禁煙なんだって。元々一日一本吸うか吸わないかだから、今日から禁煙始めてもいいくらいなんだけど」

「焦るなよ。理由があるんだろ。用法用量をちゃんと守ってしっかりやめろ」

「はーい」

朗《ほが》らかに返事をした一心が距離を詰めてくる。藤島は思わず顎《あご》を引いた。

「何？」

「うん。あのね」

耳元に寄せられた唇が、ひそひそ声でささやいた。

「禁煙始まったら、きっと口寂しくなると思うんだよね」

「うん？」

「頑張るから、口寂しかったらキスさせて」

こんなふうに、と唇を合わせる。ほんの一瞬触れるだけの軽いキス。

「ばっ……！」

かやろう、の部分は、両手で口をふさいでなんとか呑み込んだ。

四人部屋のベッドは、カーテンで仕切ってはあるものの、互いの声や物音は筒抜けだ。中にいる人の動きまでなんとなく気配で察せられる。こんなところで何をするのか。

「一心！」

睨《にら》んだが、一心はまるで気にしていない。「だって、亮さん、キスしてほしいって言ってたもーん」と、ふにゃふにゃ笑っている。搬送された日、藤島が素直な心情を吐露《とろ》してから、彼はずっとこんな調子なのだった。まるで第二の春が来たみたいに。

このやろう……と思っていたら、

「煙草やめるんか」

いきなりカーテンの向こうから話しかけられ、飛び上がるほど驚いた。思わず一心と顔を見合わせる。

仲良くなったの？　――いや別に？

目顔で会話が成立した。確か、隣は六十代男性。大腸憩室炎《だいちょうけいしつえん》の手術を終えて入院中―

——だったはずだ。カーテンの向こうで看護師や家族と交わされる会話が勝手に耳に入ってきたところによると。

一心はカーテンを開けながら、「そうなんです」と答えた。向こうのカーテンは開いていた。顔色の悪いおじさんがこちらを見ている。藤島は軽く頭を下げた。

「うるさくしてすみません」

「いや、それはいいんだけどな。お兄ちゃん、ちょっと」

呼ばれて、一心がベッド脇まで行くと、立派な果物かごをずいっと押しつける。

「お兄ちゃん、これやるわ」

「えっ？　いやそんな……」

「わしは当分食べられんし、嫁には桃を持たせたけど、あいつ一人じゃこんなには食べきれん」

「でも……」

「もらってくれ。禁煙頑張ってな」

おじさんは一心にかごを押しつけると、話は終わったとばかりに横になる。長話はつらいのかもしれない。藤島が思うより早く、一心はハキハキと言って頭を下げた。

「ありがとうございます。いただきます。絶対禁煙達成します」

「おう」

藤島のベッド脇まで戻ってきた彼はうれしそうだ。「よかったな」と言いながら、こういうところが一心なんだよな、と思った。

特別何もしていないのに声をかけられる。人に好かれる。愛される。顔や表情だけでなく、声にも雰囲気にも朗らかさがあふれているからだろう。人なつっこい大型犬をかわいがりたくなるのは、なにも藤島だけではないということだ。どこにいたってまぶしいやつだが、とりわけ病院のように沈みがちな環境では稀有《けう》な光を放っている。

「人たらしめ」

小声で言う藤島に、一心はふへへと笑った。

彼がろくな資金もなしに世界を飛び回っていられるのは、おそらくこういう人となりのおかげなのだ。

——とはいえ。

とはいえ、である。二人ともいい年した大人なのだから、なんでもかんでも他人の好意に甘えっぱなしというわけにはいかない。病室には他の人たちもいるし、藤島はまだ病院から動けない身なのだから、こちらからの気遣《きづか》いもそれなりに必要だ。

というわけで、藤島は怒っていた。

「ほんっと、どうしてくれるんだ……！」

屋上に出るなり怒りを爆発させた藤島に、一心はへらへらと笑っている。絶対に堪《こた》えていない。彼の心の声を聞けたなら、「あー怒ってる怒ってる」くらいのもんだろう。善くも悪くも慣れっこなのだ。

――いや、ダメだ。

額に手をあて、「落ち着け」と自分に言い聞かせた。

学校教員は、「叱る」ことはあっても「怒る」ことはしてはならないとよく言われる。非を正すときでも感情的にならず論理的に。常々心がけているし、実際、多くの場合はうまくコントロールできている。が、こと一心を前にすると、藤島の自制心はとたんにストライキを起こしてしまうのだった。

わかっている。自覚するのもこそばゆいが、これも一種の甘えなのだ。例えば、教え子たちや中垣内相手にこういう怒り方はしない。する気にもならない。実家の家族に対しても、もうちょっと冷静でいられる。本当に、一心を相手にしたときだけ、チャンネルが変わったように感情が表に出てしまうのだ。

落ち着け。いくら相手がそれを許してくれても、こういう甘え方はよろしくない。彼こそもっとも大切にするべき伴侶だ。小さなことに目くじらを立てるのではなかったと、ついい先日後悔したばかりではないか。素直に。愚直《ぐちょく》に――そう思ってはいるものの、

「亮さん、真っ赤になっちゃって、かーわい」

ふわふわと浮かれきった口調に、羞恥でかーっとなった。

「まじめに聞け！」

藤島の怒鳴り声に、一心は「はーい」と肩をすくめる。

入院七日目。療養生活も半分を過ぎ、藤島は少しずつ食事を再開していた。最初は白湯《さゆ》から始まり、重湯、三分粥を経て、ようやく五分粥まできたところだ。合わせて、デイルームや屋上、院内のコンビニまでなら出歩く許可が出た。なんなら積極的に廊下や階段を歩くように言われている。筋力が落ちると、退院してからの日常生活が大変らしい。

退院が近くなるのはありがたい。が、同時に入院生活が長くなり、慣れるにつれて、一心のスキンシップがどんどん遠慮がなくなりつつあるのは、正直なところ困っていた。

なにしろ、二人は今第二の春なのだ。気がつけば手を握られているし、カーテンに隠れてのキスも毎日のこと。最初は人目が気になるし、いい年して恥ずかしいしと抗議していた藤島も、一心があまりにもナチュラルにやるので——そして、そのたびに「いっぱいしていいんでしょ？」とうれしそうな顔をしてくれるので、ついつい許してしまうようになった。

いや、「許す」というのは傲慢だ。率直に言えば、藤島も彼とそういうことをするの自体はやぶさかではない。なにしろ、つい数日前まで、「四十目前のおっさんでは抱く気にもならないのだろうか」、「そんな関係なら別れてもいいんじゃないか」と、真剣に悩み、血を吐くまでストレスを溜めていたのだ。いくら四十目前のおっさんでも、この現状に浮かれるのはしょうがないんじゃないか？　しょうがないよな？　――と、自分を甘やかしたのがよくなかった。

今日も一心は藤島のベッドに腰掛け、キスをしてきた。触れるだけじゃない、濃厚なやつを。周囲の気配が気になったのは、ほんの一瞬。上体に感じる彼の重みとぬくもりを、藤島は陶然《とうぜん》と甘受《かんじゅ》した。

言い訳させてほしい。これでも藤島はそれなりに考えていた。面会時間は始まったばかり。点滴ももうはずれているので、看護師がようすを見に来ることもない。午後五時の検温まではまだまだたっぷり時間がある――そう思って油断していた。

「こんにちはー。お掃除でーす」

え？　と思う暇すらなく、シャッとカーテンを開けられた。びくっと振り返った一心越しに、目を丸くして固まっている看護師と看護助手が見えた。

「あーらら……ごめんなさい。先にお隣やっとくわね。またあとで来るから！」

顔見知りの看護師は、視線を泳がせつつもにこやかに、来たときと同じく勢いよくカーテンを引いてくれた。いたたまれない。かっかと火照る顔もそのままに、病室から逃げ出した。それがついさっきのことだ。

色あせたベンチに座り込み、藤島は頭を抱えた。

「……俺はどんな顔してあと三日過ごせばいいんだ……」

「普通にしてればいいんじゃない？　どうせみんな知ってるでしょ？」

そりゃ確かに、医師に一心のことを「つれあいなんです」と伝えた。あの時点で、男夫夫《ふうふ》は周知のことなのだろう。そして、毎日毎日梅雨空の中、欠かさず見舞いに来る男が藤島の夫だということも、気づいているのだろうけれども……。

「そういう問題じゃないんだよ……」

この件に関して言えば、藤島はたとえ自分の伴侶が異性だったとしても同じくらいへこんだと思う。いい大人が場所もわきまえず、パートナーといちゃいちゃしているのを目撃されたいたたまれなさ。それがどうして一心には伝わらないのか。

「流された俺も悪い。わかってる。けど、本当に、おまえは……いいかげん年齢と場所を考えろよ……」

だが、一心は、「そんなに気にするほどのことでもないんじゃない？」と笑うのだった。

「別に悪いことしてないし、夫夫仲がいいってだけでしょ。気持ち悪いって言われたわけでもないし」

「思ってるかもしれないだろ、言わないだけで」

そこを慮《おもんぱか》るのが大人というものなのだ。もちろん藤島だって人のことを言えた義理ではないのだが。

ため息をつく藤島の顔を、彼は苦笑しながら覗き込んできた。両手で頬を包まれ、ちゅっと唇を合わせられる。

「一心！」

再び真っ赤になった藤島に、彼は笑った。

「亮さんの言ってることもわかるけどさ、なんでもかんでも黙って腹ん中にため込むのが大人っていうのもおかしいだろ？　血ぃ吐いてぶっ倒れるまで言いたいことを溜め込むより、素直なほうが絶対心は健康だし、百万倍かわいいから」

「アラフォーのおっさんに向かって『かわいい』を求めてくれるなよ……」

「亮さんはかわいいよ」

「かわいくない」

「そうやってぐるぐる気にしてるところも、『かわいくない』って言い張るところも、なんだかんだ言ってキスされるのが好きだって知ってるオレにとっては、最高にかわいくしか見えないんだからあきらめなって」

けらけらと笑う彼には、梅雨の晴《は》れ間の青空がよく似合っている。髪の色が青だろうが黒だろうが、彼の周りには自由でおおらかな空気が広がっている。それを見上げているうちに、なんだか気が抜けてしまった。自分一人では思いつくこともできない考え方。絶対

にできない生き方だ。だけど、彼にはよく似合う。そんな彼が好きだと思う。

——素直に、愚直に。

藤島は周囲を見回した。屋上には誰もいない。

「一心」

ちょいちょい、と指で呼ぶと、利口な犬のように近寄ってきた。無防備な信頼がうれしくて、同じくらい驚かせてやりたくなる。

藤島は彼をかがませると、少し顔をあげてキスを送った。その一瞬、閉じる寸前に見えた驚き顔。目を合わせられなくて、彼の肩口に額をあずける。

「……早く、おまえのいる家に帰りたいよ」

藤島の呟きに、一心はわなわなと体を震わせて、

「亮さん、かわいい！」

と、叫んだ。

2

曜日の並びの問題で、退院は運ばれてから十一日後、月曜の午前中に決まった。

待ちに待った退院だ。藤島は前日から荷造りし、当日の朝食後にはすっかり準備万端整えていた。

出勤は週末から、教壇に立つのは来週からだが、一心の許《もと》に帰れるだけでもうれしい。

そう思っていたのだが、迎えに来てくれた一心は、なんとなくようすがおかしかった。

さんざん会計で待たされたからかと思ったが、そういうわけではないらしい。タクシーで自宅に戻り、温かいうどんで簡単な昼食を終えたあたりから笑顔が消えてしまった彼に、藤島は戸惑った。

「どうした？　調子でも悪いのか？」

だるそうにソファに転がる彼にたずねてみても、「大丈夫」としか答えない。普段なら「機嫌が悪いんだな」で済ませてしまうところだが、今日は退院当日だ。正直に言えば、ちょっと寂しかった。やっと二人きりになれたのに。気になりつつも、どう声をかけようか迷って、藤島は十日ぶりにキッチンに立った。

藤島はコーヒーも紅茶も好きだ。デスクワークが多いぶん、気分転換も兼ねて、どちらも丁寧に淹《い》れる。入院中薄味な病院食ばかり食べていたせいか、今日はコーヒーの気分だった。

コーヒードリップ用の細口ポットに水を入れ、火にかける。湯を沸かしているあいだに豆を挽き、ネルフィルターをサーバーにセットして粉を入れる。細口ポットから少量の湯を注ぎ、蒸らしてから抽出する。

少し手間だが、コーヒーの香りに包まれるハンドドリップの工程が、藤島は好きだった。無心になるひとときが心を落ち着けてくれる。病みあがりなので、一口だけブラックで楽しみ、あとはたっぷり牛乳を注いだ。一心は今日もブラックだろう。

「一心。コーヒー、ここに置いとく」

ソファで『星と祭』を読んでいた彼に声をかけ、彼のマグカップをサイドテーブルに置く。一心はおっくうそうにマグを一瞥《いちべつ》し、「ごめん」と言った。

「今いらないから、それも亮さん飲んでくれる？」

藤島は戸惑った。こんなことは初めてだ。いつもの彼なら、いらなくても放っておくだけで、「いらない」なんて突き放したりしない。本当にどこかおかしいのか。ただ虫の居所が悪いだけか。それとも、気づかないうちに、藤島が彼の気に障《さわ》るようなことをしてしまったのか……。入院中は人目を盗んで、隙あらばキスだのハグだのしてきていたのに、家に帰ったら途端にそっけなくて不安になる。なんとなく、家に帰ったらもっといちゃちちゃするものだと思っていたのに……と考えかけ、藤島は首を横に振って「いちゃいちゃ」の想像をかき消した。「いちゃいちゃ」って何だ、アラフォーが。ナシ。今のはナシ。

こちらを見ようとしない一心のようすから、今は詮索《せんさく》しないほうがよさそうだと判断する。

「……わかった」

置いたマグカップを取り上げる。と、一心が、ソファから体を起こした。自分から冷たくしたくせに、迷子の子供のような顔で藤島を見上げる。

「ごめん」

「ん、何が？」

「オレ今おかしいけど、しばらくしたら楽になるらしいから。それまでは、飲みもの、紅茶にしてくれる？」

ということは、コーヒーがダメなのか。

「それはいいけど……」

――楽になるらしい？

言い回しが引っかかり、藤島はソファの空いたスペースに腰を下ろした。

「体がしんどいのか？」

一心がなさけない顔でうなずく。心配で、つい眉を寄せた。

「どこが？　どんなふうに？」

「ニコチン切れで気持ち悪い」

「は……？」

　思いがけない言葉に、藤島は一瞬うまく反応できなかった。ニコチン。ニコチンってあれか。煙草のやつ。そこまで考え、ようやく合点《がてん》がいく。

「つまり、禁煙でイライラしてる？」

　自覚がないようで、一心はふしぎそうに「イライラしてるかな？」と首をかしげた。

「ごめん。気持ち悪いだけなんだけど」

「あ、そう」

　ほっとした。いや、しんどい思いをしている彼には申し訳ない。でも、変な病気じゃなくてよかった。

「コーヒーがダメなのか？」

「煙草吸いながらコーヒー飲むことがあったからかな。吸いたくなっちゃって、ちょっと厳しい」

　そう言いながら、ちらりと藤島が手にしたマグに視線を向ける。

「もしかして、匂いも？」

「ごめん」

「いや。ちょっと待ってて」

自分と一心のマグカップをキッチンに持っていき、冷蔵庫に入れた。

「ほんと、ごめん」

「いいよ。コーヒーなんかいつでも飲める」

「亮さん、やさしい」

ソファに戻ると、一心が寄りかかってきた。ちょっと重い。だけど、これは幸せの重みだと思う。しんどそうにしている彼はかわいそうだと思うけれど、彼の体のために頑張ってほしい。正直に言うと、自分との約束を守ってくれているのだと思って喜んでしまう自分もいる。

上体を預け合い、手をつないだときだった。ふいに藤島のスマートフォンが着信を告げた。母からだ。そういえば、無事退院したことをまだ連絡していなかった。

「ごめん」

一心に断り、応答ボタンをタップする。

「もしもし?」

『あら、出たわ』

母は暢気《のんき》な声で言い、『退院したの?』と聞いた。

「帰ってきて、うどん食べて落ち着いたとこ。連絡が遅くなってごめん」

『いいのよ。あんたが元気なら。仕事は週明けからでしょう？　ちゃんと休みなさいよ』

言外《げんがい》に、帰ってきたからといって無理して仕事をするなと釘を刺される。

「わかってる」

『どうだか。あんた、人が見てないとすぐ仕事するんだから』

まるで悪いことのように言われて苦笑する。「一心がいるから大丈夫だよ」と言うと、笑いながら藤島の話を聞いていた彼が「あっ」という顔になった。焦った顔で何か伝えようと口パクしているが、何が言いたいのかわからない。電話の向こうからは、母親が驚いているのが伝わってくる。

『は？　一心って、山崎《やまさき》くん？　そこにいるの？』

「そうだけど……」

どういうことだ。彼と自分の関係については、もう伝わっているのではないのか？

藤島の疑問には、母がすぐに答えをくれた。

『何、あんたたち、一緒に住んでんの⁉』

「……あー……」と、藤島は頭を抱えた。

「……うん。言ってなくてごめん」

どうやら同棲については寝耳に水だったらしい。電話の向こうは静まりかえっている。

母の声が漏れ聞こえていたらしく、隣では一心が声を押し殺して爆笑している。うるさい。

声に出さなくても表情としぐさがもううるさい。

じろりと一睨みしている間に、我にかえったらしい母が、『いつから？』と聞いてきた。

「もうだいぶになるかな」

『だから、いつからよ？』

「……八年前」

『は……っ』

母は再び絶句した。かと思うと、大きなため息が聞こえてきた。

「ごめん。なかなか言い出せなくて」

『え？　ああ、いいのよ、それは別に。今のは、安心したのと、山崎くんに申し訳なかったなっていうため息です』

「はぁ」

『わたしたちが心配しなくても、あんたが地に足の着いたおつきあいをしてきたんだってことはよくわかったし、その相手があんないい子でよかったなと安心したのよ』

「はぁ……」

相槌《あいづち》をうちながら、両親が会ったときの一心は南国ブルーの髪だったよな？　と思い返す。それでも、ごく常識人の母に「いい子」と言わせる一心の人たらしぶりがすごい。いったいどんな魔法を使ったんだ。

「一心に申し訳ないっていうのは？」

『あんないい子が長年あんたなんかとまじめにおつきあいしてくれていたのに、わたしたちときたらちゃんとあいさつもせずに申し訳なかったなと』

「いやいや」

それは、自分たちが報告しなかったからで。

そして、母の結論は、

『また日を改めて連れていらっしゃい』

なのだった。

「わかった」と答える。即答できた。前に言われたときには、あんなに気が重かったのに。

今は、両親に会わせるなら彼しかいないと思えたし、彼も一緒に行ってくれるだろうと信じられた。なんと言っても、すでに一度顔を合わせているので気も楽だ。

何気なく隣の彼を見て、思い出した。ニコチンの禁断症状はいったいいつ終わるのだろう？

一心から視線をそらしながら続ける。

「あーでも、ごめん、すぐにってのは難しいかも」

『あら、やっぱり体調悪い？』

「それもあるし、あいつの仕事もあるから。日程については、また改めて連絡する」

母は、『それもそうね』と納得した。

『じゃあ、連絡待ってるから。お大事に』

あっさりと電話が切れる。

スマホを下ろすと、隣から一心が「亮さん」と声をかけてきた。

「最後のほう、何の話？　お母さん、なんて言ってたの？」

「大したことじゃない」

つい、いつものくせでそう言った。今の彼に言わなくてもいいと思った。本当にただそれだけだったのだが、気にくわなかったらしい。一心は食い下がった。

「オレを連れてこいって話だったんじゃないの」

「……そうだけど。でも、今すぐじゃなくてもいいだろ」

「なんで？　オレ、このあいだ病室でちゃんとごあいさつしたよ。それで会いに行かないほうがおかしくない？」

何を必死になっているのかと、けげんに思う。が、自分が一心の立場だったらと想像したら腑に落ちた。一度顔を合わせたパートナーの家族が会いに来いと言っているのに行かないというのは、相手の心証を損ないそうでこわいだろう。大切な相手の家族ならとくに。連れていってくれない相手にも不信感が湧くかもしれない。

藤島は一心に向き合った。

「一心。まず、俺がパートナーだって家族に紹介する相手はおまえしかいない。だから、いずれかならず連れていく。悪いけど、それは決定事項だから、つきあってくれ」

一心もまじめな顔で藤島に向き合った。「うん」とうなずく。

「ただ、そのニコチン切れのイライラが治まるまでは、やめておいたほうがいいと思う」

藤島が続けると、彼はなさけなく眉尻を下げた。

「そんなにオレ、イライラしてる？」

「してる。俺は、家に帰ったら……」

――いちゃいちゃするもんだと思ってたから、ちょっとかなしい。

言いかけた言葉を、「いや、なんでもない」と呑み込む。

一心がずいっと身を乗り出してきた。

「だめ。今何言いかけた？」

「いや、いいから」

「よくない。亮さん？」

真顔で迫られ、しぶしぶ口を開く。

「……家に帰ったら、おまえが冷たくて、ちょっとかなしい」

そう言ったら、「亮さん！」と抱きしめられた。

「ごめん。ホントごめん！」

「いいよ。原因がわかったら納得した」

「でも、ごめん。オレ、自分でもこんなに煙草に依存してる自覚がなかったから、今、すごく後悔してる。やめるきっかけをくれてありがとう」

「うん」

「あと、ちゃんと話してくれたのもうれしい。必要じゃないことでも言ってほしいよ」

「わかったよ」

ほほ笑んで、一心の頭を抱き寄せた。よしよしと撫でると、彼がうなる。

「うー、くやしい」

「何が？」

「亮さん、いつまでも大人なんだもんなぁ」

その言葉に噴き出した。

「そりゃ、四十前の大人だからな」

「そうじゃなくて、年の差の問題」

「まがうことなき六歳差だろう」

「そうなんだけどさ！　三十になったくらいから、ちょっと年の差が縮まったような気がしてたんだ」

「聞き捨てならないな」

俺はこんなに子供っぽくない。

半ば本気で言ったら、一心は拗ねた。

「まじめに。初めて会った頃の六歳差って、大学生と中学生だし、大人と子供で、正直、別世界の人だった。けど、今はそれほどには感じないじゃん？」

「まあな」

それは、先日藤島も感じたことだったので首肯《しゅこう》する。

「だから、こうやって人生の中で年の差が占める割合がだんだん小さくなっていったら、あんまり気にならなくなっていくのかなって思ってたんだけど……でも、やっぱり、いざとなると、亮さんのほうが頼りになるんだから、まだまだだな」

（くそ。かわいい）

一心のように「かわいい！」とは叫ばないが、代わりに、鎖骨に額をすり付けてくる彼の頭を、藤島は思いきり撫でた。「ほだされる」とは、まさしくこういう気持ちを言うんだろう。すがすがしく負けてやる。

「そうは言うけど、俺は、今回のことで、おまえも大人になったんだなと感じることもあったけど？」

「……どこが？」

「意外にちゃんと俺とのことを考えてくれてるとこ。それから、俺の両親に会うって即答してくれたとこ。俺以外の前では頼りになるし、あと、中垣内のあしらいもうまかった」

一心は顔を上げ、ふふっと笑った。さっきの藤島の口調をまねて言う。

「そりゃ、三十三の大人だからね」

そうやってすぐ得意げになるのは子供っぽいなと思ったが、もちろん言わない。子供っぽいからといって嫌いなわけじゃない。むしろ、彼の中に色濃く残る少年の部分を、藤島は深く愛している。

一心は藤島の顔を覗き込むようにしてほほ笑んだ。

「亮さん、すごくやさしい顔してる」

見合わせた顔を近づけて、ごく自然にキスをされる。

「お父さんお母さんへのごあいさつだけど、禁煙って三週間目までが一番きついんだって。そこ乗り越えたら一ヶ月検診があるから、それが終わったら行こうよ」

「わかった。そう伝えとく」

答えて、藤島からもキスをする。

その頬を両手で包んで、一心は藤島を捕まえた。間近にささやく。

「あと、もう一個、相談があるんだけど……」

「何？」

「ニコチン切れのイライラって、運動したら収まるって聞いたんだけど……」

藤島は目を丸くした。堪えきれずに、ブハッと噴き出す。

「おま……っ。ちょ……っ。おやじくさ！」

「いいんですー。三十三は立派なおやじですー」

「大人なら、もうちょっとましな誘い方は思いつかないのかよ！」

笑いあいながら、藤島は立ち上がった。彼が求める「運動」には前準備が必要だ。風呂に向かいながら、「ベッドに行って、いい子で待っとけ」と流し目をくれてやる。

年下のかわいい男は赤くなり、「ずっる……」とうめいて、ソファの肘掛《ひじか》けに突っ伏した。


シャワーから戻ってくると、寝室の窓にはカーテンが引かれていた。遮光機能のない布は、初夏の太陽の光を透かしている。気休めにもなりはしない。

一心は全裸でベッドのふちに腰掛け、藤島を見ていた。海外放浪《ほうろう》中、具体的に何をしているのかはよく知らないが、必要に応じてついた筋肉と引き締まった体には、独特の美しさがある。

対する自分は、アラフォーのおっさんだ。体型維持には努めているし、さほど容貌が衰えたとも思わないが、目をこらして見れば、肌の張り一つ取っても二十代とは違う。だから、一心にこの体を差し出すとき、藤島は内心ではいつも、一心にがっかりされてしまうのではないかと緊張してしまうのだった。

だが、今の一心の舐めるような視線は、最近向けられた中では飛び抜けて熱かった。こちらが少し怖じ気づくくらい。

今度は別の意味で緊張してくる。ひさしぶりのことに期待して、「初めてみたい」とは言わないまでも同じくらいドキドキして。

（……恥ずかしい）

そう感じる自分が恥ずかしい。アラフォーのおっさんが恥じらっても気持ち悪いだけだと思うのに、恥ずかしいものは恥ずかしい。

一心は、焦れた目でじっとりとこちらを見つめてくる。羞恥心を押し込めて彼の前まで行き、藤島は腰に巻いていたタオルを落とした。

「亮さん」

腕を取られ、ベッドの上に引き倒される。

藤島を組み敷いた一心は、ふしぎそうにこちらを見下ろした。

「亮さん、もしかしてちょっと緊張してる？」

「言うなよ。気づかないふりするところだろ」

藤島は顔をそむけたが、彼は鎖骨に歯を立てながら、「なんで？」と聞いた。

「なんでって……」

「今でもオレにドキドキするの？」

「は……？」

する。するに決まっている。毎回ドキドキさせられている。なぜそんなことを聞かれているのか、本気でわからなかった。

けれども、すぐにハッと気づく。

彼の十八の誕生日から、何十回――では利かないくらい、セックスした。相手の体に、知らないところなど一つもない。感じるところも、好きなやり方も、自分の体以上に知り尽くしている。藤島は、抱き尽くされた自分について常々「新鮮味もないだろう」と思っていたが、もしかして、彼も同じように思い悩むことがあったのだろうか？

「……そう言うおまえはどうなんだ？」

聞き返したら、「ずっる」と顔をしかめられた。ずるいのは百も承知だ。自分から聞いたくせに、顔を見て答えを聞くのはこわくて、彼の頭を抱き込んだ。「一心」と返事をねだる。

「……興奮してなかったら、こんなことになるわけないだろ」

言いながら、太腿にペニスをすり付けられた。十八になったあの日、藤島の中でふるえながら大人になったそれは、今ではすっかり使い込まれた色とかたちをしている。その経験のすべてを藤島は知っていた。

無性に愛おしくて、右手を伸ばした。先走りで濡れているそれを、やさしく撫でてあやしてやる。

「いい子だ。けど、これは、ドキドキしなくてもこうなれるだろ？」

「……意地悪い……」

肥大《ひだい》した乳首に歯を立てられて息を詰める。藤島のそこは、最初はただの飾りだった。だが、十五年かけて一心に育てられ、すっかり性器に様変わりしてしまっている。甘噛みされると、腰の奥がじゅわっと熟《う》れる感じがした。たまらない。

「勃つので証明できるなら、おまえこそ聞かなくてもわかるんじゃないのか」

荒くなる呼吸の下でそう言って、腰を押し出した。にじんだ先走りを、一心の下腹に塗りつける。

藤島の乳首を愛撫していた唇が、はぁと熱い息をもらした。

「エッロ……。興奮しすぎて、頭の奥がキーンてする」

「……まじで？」

「まじです」

上体を起こした一心は、熱に浮かされた目で藤島を見下ろした。唇を合わせながらささやく。

「オレが、オレの好きなように、感じ方まで一個いっこ教えてきたんだよ……どこもかしこもオレ好みのオレ専用なのに、興奮しないわけないだろ」

「……っ」

自分好みに育て上げたのだと言われ、ずくんと下肢の熱が跳ね上がった。ローションを仕込んだ後ろがじゅくりと疼く。

ああ、そうだ。そのとおり。はしたなくそこで彼を欲しがることさえ、一心に教え込まれたのだ。けれども、彼も大事なことを見落としている。思わずふふっと笑ってしまった。

「それを言うなら、逆じゃないのか？」

「え？」

「俺が、俺好みの抱き方をおまえに教えたんだよ」

「……っ、くっそ……っ」

やさしく触れあわせるだけだったキスが、喰らい尽くす深さに変わった。彼が本気で欲情しているのが伝わってくる。

ここ一年ほど、ぬるま湯のようなセックスばかりしていたが、藤島に無理をさせないように気を遣っていたという一心の自己申告はうそではなさそうだった。彼は全身で藤島を欲しがっている。

「いいよ」と膝を立て、大きく脚を開いて彼の腰を招いてやった。左手を回して尻たぶを開き、右手で彼の性器を入り口まで導く。

「ほら、ここに挿入《いれ》てくれるんだろう？」

「あんまり調子に乗ってると抱き潰すよ」

ぐりぐりとそこに先走りを塗り込めながら、一心が低い声で言った。ぞくぞくする。成熟した大人の男の欲情。その色気は、ただただがむしゃらだった、若かりし頃の一心にはなかった魅力だ。

彼は間近に藤島を見下ろし、ニヤッと唇の端をゆがめた。

「そうやって、亮さんが積極的になるときは、実はあんまり余裕がないよね。主導権を取ろうと焦ってる」

「なっ……」

図星を指されて言葉を失った藤島の両耳を手でふさぎ、深く唇を合わせてくる。

「……っ、ふ、……ッ」

グチュグチュいう口腔内の音が頭一杯に響いて渦巻く。音ばかりか、心地よさまで脳を侵食する。キスの官能に、体ごと沈められたみたいになる。

「合ってるだろ?」

唇を離して聞かれ、ぼんやりと瞬きをした。

「……何が……?」

「……積極的なのもいいけど、オレは、オレとのセックスに溺れてくれてるときの亮さんのほうが好きだな」

そう言う一心のペニスは、先走りでいたずらに藤島の秘所を濡らすだけで、一向に中に入ってこない。じれったさに体をよじる。一心は喉奥で笑い、ぐりぐりとペニスを押しつけて、入りそうで入らない、ギリギリで遊んでいる。

「あっ……、一心……一心！」

藤島がうながすのも聞かず、彼は「亮さんのここさ」と藤島の両の乳首をつまんだ。

「ひぁ……っ、あ、あっ」

「オレ以外、誰にも見せられないおっぱいになっちゃって、最高にエロかわいいけど」

一心は、亀頭だけを藤島の中に入れた。わざとふちに亀頭を引っかけ、めくるようにしてゆっくりと抜く。

「こっちも、絶対、誰にも見せられない、エッチなかたちになっちゃってるの、亮さん、知ってる？」

言いながら、何度も亀頭だけを入れてゆっくりと抜く。

彼の言葉にそそのかされるまま、ローションに濡れたそこが彼を奥に引き入れようと吸いつき、蠢《うごめ》くさまを想像してしまい、藤島は羞恥のあまり死にそうになった。

恥ずかしい。けれども、入り口だけ抜き差しされるたび、もっと深くほしくてたまらなくなる。奥まで突き入れて、突き上げてほしい。それしか考えられなくなる。

「一心……っ」

「んー？」

うながしても、入れてくれない。まだふちをめくって遊んでいる意地悪な彼をちょっと睨んだ。

「そこ……奥も、おまえのかたちだから……」

ぴったりはめて、確かめて。おまえのための空隙を、おまえのそれで満たしてほしい。

藤島の誘いに、一心はぎゅっと眉間に皺を寄せた。不快だったからではないのは、彼のペニスが中で爆発的に膨らんだからわかる。一心は両手で藤島の腰を摑《つか》み直すと、一気に奥まで突き入れた。

「――ッ」

ぐにゅ、と、大した抵抗もなく、媚肉は熱塊を迎え入れた。どういう角度ならスムーズに入るか、負担をかけずに済むか、全部わかりきっている動きだ。

「あ……っ、は……っ」

「あーこれ、やっべ……」

思わずといったように一心がうめいた。藤島の内側は一心を抱きしめて離さない。どころか、もっと奥へと誘っている。

ぐちゅりと響く淫靡な音。内側で温めておいたローションが彼の性器にまとわりつき、かき回され、泡立ち、押し出されてくる猥雑《わいざつ》な感触。より大きく脚を開き、「もっと」と彼を奥に誘う。

伝い落ちてくる汗に、わずらわしげに、一心は前髪を掻《か》き上げた。汗が香るような、男くさいしぐさ。藤島の膝裏に手をかけ、抱え上げながら、口元だけで笑う。

「すごい。いっぱい入る」

感嘆するように言いながら、浮き上がった腰に腰を押しつけてくる。奥の奥までみっしりと隙間なく彼に埋め尽くされた。

「あ……っ」

一心が最奥まで達する。固い下生えが藤島の後孔のふちをこすり、巨《おお》きく膨らんだ亀頭が行き止まりの弁に押しつけられている。

「一心……」

藤島は力の入らない手をなんとか持ち上げ、彼に代わって自分の膝裏を抱えた。彼が自由に動けるように。一心が自由になった両手で藤島の腰を強く掴む。ぐっと引き寄せられた。

「ほんと、欲張り」

最奥までいっぱいに埋めたまま、こねるように腰を回し、弁を突き上げる。藤島の好きなやり方だった。男の射精欲を満たすには、前後にピストンするほうがいいのはわかっている。けれども、藤島は早い段階ではそれをあまり好まない。それを知っている一心は、いつも最初は藤島に奉仕してくれるのだった。彼が自分の快楽を追求するのは、常に限界まで藤島をいかせてからだ。

しゃぶるようにまとわりつく最奥の弁を亀頭であやしながら、一心は右手で藤島の性器に触れた。ゆるく勃ちあがり、奥を突かれるたびにたらたらとしずくをこぼすそれを愛おしげに見つめる。

「亮さん、最初の頃、『俺が抱いて教えてやろうか』って言ってたの、覚えてる？」

「……ん。ああ……」

「結局やらないままだったの、かわいそうだったかな」

彼がそう言うのは、藤島のそこがもはや男性器として果たすべき機能を失いつつあるからだった。

藤島の性器は、後ろを一心に埋められて、ようやく挿入できるくらいの固さになる。後ろを愛撫されながらなら達することはできるが、前だけこすって達することはだいぶ前にできなくなった。性器としての感度が逆転してしまったと自覚したときには動揺もしたが、今では自然に受け止めている。性器でいくのは、それなりに気持ちいいけれど、後ろを愛されるほうがもっとずっと鮮烈な快感と充足感を得られるから後悔はない。

藤島はうっすらと笑った。

「べつに……おまえとしかやらないから、どうでもいい」

「そうなの？」

「ああ。おまえを包んで、あやして、かわいがってやるほうがいい……」

自分からいいところに当たるよう、腰をくねらせる。応えるように一心が腰を回した。

「ものは言いようだ」と、目を細めて笑う。

「こここねられて、めちゃめちゃにされるほうが好きなだけだろ」

交合が深くなる。最奥の弁が口を半開きにして、一心の先端に吸い付いているのがわかる。

「……っ、あ……っ」

「ここも」

と言いながら上体を倒し、彼はできるかぎり藤島の奥まで突き入れた。ぴったりと腰骨が重なり、嚙み合う。

「二ケ月もあいだが空いちゃったからちょっと心配してたけど、ちゃんとオレのかたちのままだ」

「……っ」

彼のための、彼好みの体だ。そう言われた喜びに肉の奥からさざなみのような官能が湧き上がり、たちまち内壁いっぱいに広がる。

「あっ、あああ……っ」

目眩がするほど甘美な快感。内襞は無数の指先で彼を確かめるように愛撫する。中でビクビクと脈打つ彼のかたちが、浮き出た血管までハッキリとわかった。

無意識に、下腹を一撫でする。

「おまえのここも、俺用になってる……」

ひときわ大きな官能がせり上がってきて、藤島は内側全体で彼を抱きしめた。

「アーーあああっ」

深く腰を押しつけ合って達する。藤島は、射精と同時に、中でも絶頂した。最奥でぶちまけた一心が、精液を塗り込めようとするように前後に動く。

「あ、出てる……おまえの熱いの、出てる……」

自分の中で、一心が気持ちよくなってくれている。心だけでなく、体もちゃんと愛されている。その証しである精液を一滴残さず受け止めようと、内壁が貪欲にうねり、一心を締め付ける。襞の一枚いちまいまで彼の愛でひたひたにされ、幸福で頭が吹っ飛びそう――というか、半分飛んだ。

「……全部おまえのだ……」

一心の首筋に腕を回して抱き寄せながら、藤島はうっとりとほほ笑んだ。

「今度はおまえの好きにして、おまえのやり方で抱いてくれよ」

「……っ、くそ……っ」

彼は短く悪態をつき、中で二、三度、ゆすっただけで固さを取り戻した。十代みたいな回復力だ。

一度引き抜き、無言で藤島を四つん這いにさせる。

「アッ……！」

後ろから無造作に突き入れられても、痛みなど感じない。後孔はぐちゅりとうれしそうに口を開く。

一心は角度をつけ、前立腺をえぐるように抽送を始めた。身勝手で荒っぽい、雄の快感だけを追う動き。その無我夢中ぶりに藤島も煽られる。

「あっあっあっ、一心、一心……っ、ヒッ……」

脇から前に回った手に、両方の乳首をつままれた。きつく引っ張られる苛烈な快感に、胸をそらしてビクビクとのけぞる。体が勝手に逃げようとしたが、まるで一心の手に乳首を差し出したようになる。背後の彼は、「やーらし」と、熱い息を耳に吹きかけてきた。

「……もし、別れたら、さ、」

「んっ、……ぁっ、え？　なに……っ」

ガンガンに突き上げながら、唐突に、セックスには不似合いな仮定の話。

「亮さん、別のやつと、つきあうかも、しれないだろ」

「くっ……あッ、そりゃ……あああっ」

そういうこともあるかもしれないと肯定しかけたら、「許さないから」と結腸まで突き込まれた。

「――――ッ」

度を超えた快感に、視界がハレーションを起こす。彼を包む内襞が、ビクビクと痙攣《けいれん》する。途切れかける意識の中、一瞬の空隙で考えた。

人の感情に「絶対」はない。だから、「もし別れたら」と仮定するなら、藤島は「そうかもしれない」と言うほかない。こんな状況でなかったら簡単にごまかせただろうが、肌と肌、粘膜と粘膜を触れあわせていては、嘘もごまかしも不可能だ。

返事がないことに苛立ったように、耳元で鋭い舌打ちが聞こえた。

「聞いてる？　許さないからね」

「ンッ……！」

お仕置きみたいに乳首を抓られ、ギュッと一心を締め付ける。たくましい亀頭にこじ開けられた結腸も、太い幹に押しつぶされた前立腺も、ありとあらゆるところが気持ちよくて背をよじる。みだらな襞に喰い締められ、一心も呼吸を乱した。

「この体に……、オレのための体に誰か別のやつが触るって、想像するだけでも殺したくなる……っ」

「あ……。ない、そんなの、ない、からっ……！」

気持ちよすぎて、会話どころか呼吸すらままならない。頼むからもう少し加減してくれ。そう言いたいのに、口からあふれるのは嬌声だけで。

「あっ、あ、あ、アッ――、一心、一心……っ」

必死で彼の名前を呼んで振り返る。涙目で見上げると、一心はゴクリと唾を飲み込んだ。彼のペニスがドクンッと跳ねるように一回り巨きくなる。ただでさえいっぱいな中をさらに押し広げられ、悲鳴を上げた。

「やっ……！　あ、なんで……っ」

「亮さんが、煽ったんだろっ」

とがめるような荒々しさで、一心はガンガン奥を突いてくる。

「やっ……一心、まって、待って……っ！」

「待たない。ここに、オレの、って、書いときたい……っ」

自分は束縛を嫌うのに、ずいぶんな独占欲だ。

「ねえ、亮さん、答えて。オレのだろ……？」

身勝手だとは感じなかった。彼に求められている。欲しがられている。心も体も独占したいと思われている。そう思うと、急速に満ち足りた。また法悦が湧き上がってくる。自分が束縛をほしがるたちだと、初めて知った。精神的な快感に泣くみたいに、性器がびしゃっと潮を吹く。

「おまえの……っ、ヒッ……アッ、全部、おまえの、だから……っ」

「……本当に？」

「おまえが、いらないって、アッ、言わない、かぎり……っ、死ぬ、ときまで……っ、おまえのだ……っ」

　整わない呼吸のあいだからやっとそれだけ伝えると、安堵のため息が落ちてくる。

「その、代わり……っ、たまには、抱いて……っ、アアッ、……おまえのだって、ちゃんと、わからせて……っ」

「だから、『たまには』じゃ、オレが足りないんだってば……っ」

　言いながら、一心は藤島の腰を両手で抱え直した。亀頭が抜けそうなギリギリのところから結腸の奥まで、一気に長いストロークで打ち付けられる。愛されていると思い知れと言わんばかりの激しさだ。

「あっ、あ、アッ……、あ、一心、いっしん……、好きだ……っ」

　口走ったシンプルな一言がすべてだった。全身を痙攣させて達した藤島の最奥に、一心も愛をそそぐ。

「……愛してる……」

「――ッ」

　心にも愛をそそがれて、藤島はまた小さく達した。

3

一心の禁煙は、なんとか三週間の壁を越えた。今日は午前中から一ヶ月目の定期検診に出かけている。

思えば、この三週間は長かった。飲むと煙草が吸いたくなるからと、コーヒーもアルコール類も飲まなくなった。いつも朗らかな一心が、どうしようもなく苛ついているのがかわいそうだった。それでも、藤島は「禁煙やめたら」とは言わなかったし、一心も「しんどい」と泣き言はもらしても、「やめたい」とは言わなかった。

翻訳の仕事になかなか集中できないからと、彼は朝夕ランニングを始めた。体を動かすと、ちょっとラクになるのだそうだ。ものすごく体調不良というわけではなかったし、原因がわかっているから心配は必要なかったけれど、常にピリピリしている彼と二人で過ごすのは、藤島にとってもかなり精神的な負担が大きかった。

でも、思い返してみれば、こんなに長く一緒にいることは初めてだ。口寂しいという彼のキスに応えてやり、夜は二人でベッドに入った。性生活に関しては、まさしく二度目の春を謳歌《おうか》している。

ここまで二人で協力して何かを成し遂げようとしたことは、今までなかったかもしれない。一緒に住んでいても、独立した二つの個だった。今はそれが少しだけ重なり、混ざり合っている気がする。

なんとなくうれしくて、今日は仕事帰りにケーキを買った。マスクメロンのティラミスと白桃のタルト。とっておきの紅茶を淹れてやろう。

季節は夏至を過ぎたばかり。定時後の帰り道はまだ明るい。梅雨明け間近、蒸した空気が生ぬるくただよっている。

玄関の前まで来ると、台所につながった換気口からいい匂いがただよっていた。パスタ？　いや、グラタンだろうか。オーソドックスなミートソースの匂いだ。楽しみに玄関を開ける。

「ただいま」

「おかえりー」

キッチンから顔を出した一心が、「お疲れ様」と笑う。最近やっとニコチン切れの症状が和らいできたことに加え、治療が一区切りしたこともあるのか、ひさしぶりにすっきりした顔をしていた。

「おー、豪華」

一心の背後から手元を覗き込んで、思わず呟く。ローストビーフだ。

「時間があったから作ってみた。亮さん、手ぇ洗ってきて」

「ん。これ、ケーキ。あとで紅茶淹れてやる」

「お、まじで」

「三週間、よく頑張ったな」

藤島が言うと、一心はふにゃっとうれしそうに相好をくずした。

「ありがとう。思ったよりしんどかったけど、亮さんが一緒に頑張ってくれて、褒めてくれて、健康にもなれるんだから、禁煙、オレ得だな」

似たようなことを考えている。ふふっと笑って、彼の頭を撫でてやった。

夕食は、ソースから作ったラザニアと、手作りローストビーフとマッシュポテトがのったサラダ、キノコのコンソメスープだった。ビーフコンソメは市販品を使ったのだろうが、途方もなく手がかかっているのはわかる。

「うん、おいしい。けど、これ半日仕事だったんじゃないか？」

「……なんか、作りたくなっちゃって」

グレービーソースのかかったローストビーフを、マッシュポテトと一緒に口に運びながら、一心は普段はあまり見せない、大人びた笑い方をした。

「ちょっと後悔してるんだ。だから、『ごめんね』も兼ねて」

「後悔？」

「うん」とうなずく。

「オレ、確かにあちこち行くのは好きだし、止まったら死ぬような生き方してるけど」

「マグロみたいにな」

「そうそう。……今回、こんなに長く家にいることになって、正直大丈夫かなとも思ってたわけ」

「死にそうになったか」

藤島の軽口に、彼は「ぜーんぜん」と首を横に振った。ちょっと困ったような顔で。

「亮さんと一緒にいるの、めっちゃ居心地いいし、楽しいし、やさしくしてもらえるし……オレ、今までもったいないことしてたよなぁって」

「今更気づいたのか？」

本気半分、からかい半分。苦笑すると、一心は「ごめん」と眉尻を下げた。

「だから、『ごめんね』と『ありがとう』を込めて、頑張りました」

「調子のいいやつだな」

藤島の苦笑が深くなる。そんなことを言ったって、来週から一心は海外旅行の添乗《てんじょう》に復帰する予定だ。そうしたらまたしばらく帰ってこなくなるんだろう。

「まあいいよ。うまい飯は大歓迎だ。次は、一ヶ月後の検診までには帰ってくるんだろ？」

「っていうか、今度こそちゃんと連絡するから！」

「はいはい」

適当に相槌をうったら、「信用がない……」とへこんだ。あたりまえだ。今までさんざん言ってもできなかった過去を、そう簡単になかったことにしてもらえると思うなよ。

とは思うものの、藤島は満ち足りた気分だった。本当だったら、赤ワインでも開けたいところだが二ヶ月後の禁煙成功のお祝いまで、楽しみに取っておこう。

食べ終えた食器を銘々《めいめい》流しへ運び、いつもの皿洗い決定ゲームをした。今日はジェンガで、藤島が勝った。一心が洗い物をする横で紅茶を淹れる。紅茶だけで楽しむならいい茶葉をストレートで。でも、ケーキに合わせるなら、オーソドックスな紅茶を濃いめに淹れ、ティーオレにするのが藤島は好きだ。

紅茶とケーキをテーブルに運ぶ。

「一心、おまえどっちがいい？　マスクメロンのティラミスと、白桃とカッテージチーズのムースのタルト」

「どっちも食べたいから半分こしよ」

「時々女子高生みたいなこと言うよな、おまえ」

笑いながらキッチンへとって返し、包丁を持ってきた。二つのケーキを二つに分ける。半分こ。行儀が悪いわ、恥ずかしいわで、外でやるわけにはいかないが、二人しかいない家の中ならかまわない。

「……なんか、俺たちみたいだな」

思ったまま呟いたら、一心がふしぎそうに首をかしげた。

「どこが？　ピンクと緑のとこ？」

「どっちがピンクでどっちが緑だよ。……そうじゃなくて、全然違う味を分けあって、交換して、半分ずつ、どちらも一緒に楽しむ一皿ってとこ」

言いながら、だんだん恥ずかしくなってきた。フォークを取り上げ、「食べるぞ」と無理やり話を終わらせる。

藤島の言葉に、一心は感無量《かんむりょう》といった顔でこちらを見つめていたが、ハッと我を取り戻すと、「ちょっと待って」と藤島を止めた。

「なんだよ」

「ごめん。今ちょっといい？」

どうやらまじめな話らしい。居ずまいを正した彼につられ、藤島もフォークを置く。

「何？」

彼はどこか緊張した面持ちで切り出した。

「約束の一ヶ月が過ぎたし、来週お父さんお母さんにもごあいさつに行くわけですが、」

「なんでいきなり敬語なんだよ」

「あらためて、亮さん、オレと結婚してください！」

彼の顔と、バッと両手で差し出された箱とを交互に見つめる。けっこん。……結婚？

「いや、無理だろ」

「なんで⁉」

「なんでって……男同士だし」

「法律的なやつじゃなくて事実婚！」

「なら、もう、八年前にしたつもりだったけど？」

おまえは思慮《しりょ》と覚悟が足りないと、言外に匂わせる。一心は「ううう……」とうめいた。

「返す言葉もございませんが、これはオレの誠意なので受け取ってもらえると……」

しょぼくれた顔で、箱をテーブルの上にすべらせてくる。苦笑して、藤島はそれを手に取った。

「そう言われたら突き返すわけにはいかないけど。こういうことはあらかじめ相談しろって言っただろ？」

「これはサプライズだから許してよ……どうしても、オレから亮さんにプロポーズしたかったの」

サプライズ。好きな人もいるんだろうし、それぞれでいいのだけれど、個人的にはナシだと思うんだよな……。

とは思ったが、口に出したが最後、一心が泣きだしそうな気がしたので胸に納めた。

「開けていい？」

「もちろん」

途端に一心が目を輝かせる。バカワイイ。これだからいつもいつもほだされるのだ。まあ、ほだされてもいいことなら、ほだされてやるけれども。

金の縁取りの入った紺色のリボンをほどき、深い青の包装を開ける。中は緋色の箱だった。藤島も知っている時計メーカーのロゴが金の箔で刻まれている。

「……」

よく金があったな、と口まで出かかったが呑み込んだ。あまりにも品がない。なにより、真剣な彼に対して失礼だ。

「指輪だと、亮さんが職場でいろいろ詮索されるかなと思って……。時計ならいいかな、と」

「うん」

その気遣いはありがたい。が、うまく返事ができなかった。なんだか今更、変に緊張してきてしまって。

箱を開けると、クリーム色の台座に、シンプルな腕時計が収まっていた。黒の革ベルトに、シンプルな文字盤。秒針は一秒一秒刻むのではなく、スムーズに円を描いている。藤島の好みだった。

「ステンレスベルトのやつは、亮さん、気に入ってるのがあるだろ？　だから……」

「……うん。これ、好きだ」

「本当!?　よかった！」

一心は満面の笑顔になった。まぶしい。まぶしくて、目眩がしそうだ。

「ありがとう」としか言えなかった。声がふるえる。一心はちょっとだけ眉を寄せた。少しせつない、だけど、心から愛おしそうな顔。「ごめん」と謝る。

「今まで亮さんにそんな顔させてあげたこと、なかったね」

「……いや」

今までだって、藤島は充分しあわせだったのだ。ただ、今まで重ねてきた十五年という歳月と、彼と一緒にいられる今と、これから続いていくだろう時間を思って、胸がいっぱいになってしまっただけで。

「貸して」

藤島がケースから取り出した時計を、一心が受け取った。「たぶん、サイズは合うはずなんだけど」と言いながら、藤島の左腕を取り、巻いてくれる。

「亮さん。これからも、オレと同じ時間を過ごしてください」

「……も、バカ……」

とうとう涙腺が決壊した。ここしばらくのゴタゴタでも——というか、思い返してみれば、セックス以外、一心の前で泣いたことなどなかったのに。

「え、ちょっと、泣かないで……！」

途端におろおろしだした一心に笑ってしまう。最後まで格好つけられない彼が愛おしかった。

「おまえのは？」

「あるよ。おそろいの」

「貸して。おまえにも付けてやる」

そう言うと、一心はいそいそと自分の時計を持ってきた。同じものだが、少しだけベルトが長い。大切に取り出して、彼の手首に巻いてやった。

「おまえには、ステンレスのほうがよかったんじゃないのか？」

「えーでも、そこはおそろいでしょう」

「……まあいい。似合ってるよ」

本音だった。飾らない彼の雰囲気に、クラシックな革ベルトの腕時計は、ふしぎとしっくり似合っている。

へへへ、と笑った彼が、「それで、ちょっと相談なんだけど……」と切り出した。

「なんだ、まだあるのか？」

「サプライズじゃなくて相談だけど」

一心が心を決めたように顔を上げた。視線がぶつかる。

「亮さん」

「何？」

「今度、お父さんお母さんにあいさつが済んだら、オレと一緒に家買わない？」

思いがけない発言に、藤島は飲みかけの紅茶をゴフッと噴いた。あわててティッシュで拭きながらも、「はぁあ⁉」という声を抑えきれない。

家。家ってアレだよな。住むやつだよな。今住んでるようなやつ。

「おっま………、急に何言い出してんの」

唐突な申し出にひっくり返りそうな気分だったが、一心はごくごく真剣だった。

「旅先で会った人が、今度海外に移住するらしくて、今住んでるマンションを格安で売ってくれるって言うんだ」

「いやいやいやいやいや……」

格安って。三枚千円のTシャツじゃあるまいし、そうホイホイ買えるわけがない。

「3LDKSで、駅徒歩十分、日当たり良好、築六年。亮さんとこの学校から乗り換えなしで四駅だよ。亮さん、転勤ないでしょ？　よくない？」

「よくない？」って、そんなぐいぐい来られても。

「おまえはまた突拍子《とっぴょうし》もないことを……」

「事後報告じゃなくて、ちゃんと相談してるだろ？」

にっこりと言われ、藤島は頭を抱えた。そういう問題なんだろうか。

「ねえ。結婚の記念に家買お？」

「おまえ、そんな、夕飯の肉買うみたいに……」

「ペアローン、ちゃんと組んでさ。そしたら、オレが絶対そこに帰ってくるって、亮さんも安心できるでしょ？」

「……」

重い。思いがけず重量級のド直球を投げ込まれ、藤島は沈黙した。「おっも……」などと呟かなかっただけでも褒めてほしい。

それでも、いやだとは思わなかった。藤島は束縛されたがりだ。知ってか知らずかわからないが、この提案が何の計算もなしに出てきたものなら、一心の本能だか直感だかはすごいと思う。

……まあ、家は、「いずれ」「いつかは」「おいおい」と先延ばしにしていただけで、藤島も考えていなかったわけではない。見に行ったからといって、その家を絶対に買わないといけないわけでもないだろう。つまり、突然、一心から具体案をもち出されたから衝撃だっただけで。

ようやく冷静さを取り戻し、藤島は一つため息をついた。

事前に相談しようが事後報告だろうが、一心はいつも突飛で唐突で、きっと一緒にいるかぎり、これからもずっとこの調子なのだろう。だけど、彼が、ローンで縛り付けてでも藤島を放したくないと思ってくれているのなら、藤島はその重い愛をうれしいと思うのだから。

「わかったよ」とうなずいた。

「ほんと⁉　やった！　いつ見に行く？　引っ越しは半年くらい先らしいんだけど……」

早速先走り始めた一心の脚を、藤島はテーブルの下で蹴飛ばした。

■あとがき■

このたびは、拙作をお手に取ってくださいまして、誠にありがとうございます。

今作のテーマは、ずばり「倦怠期」です。

BLに限らず、恋愛小説は、恋に落ちてから成就するまでの過程が描かれるものがほとんどですが、主人公たちには、ハッピーエンド後の人生が、五十～七十年ほどあるはずですよね。どのお話でも、「この人たちがずっとしあわせに、二人で過ごしていけますように」と願いながらエンドマークをつけるのですが、そうはいっても人間同士なので、死が二人を分かつまでには、さまざまな紆余曲折《うよきょくせつ》があるだろうと思います。そうした曲折を書きたいとずっと思って……思って………。

それこそ紆余曲折ありましたが、やっとショコラ文庫様で書く機会をいただけました。とても新鮮で楽しい執筆でしたので、またこの二人でも、違った人たちでも、こうした「ハッピーエンド後の人生」を書きたいと願っています。

そんな一風変わったお話なので、プロットが通った段階から、担当さんもわたしも、「読者様に受け入れていただけるだろうか……」と、ドキドキしていたのですが、イラストにつきましては、日塔《ひどう》てい先生の素晴らしいお力添えをいただくことができました。

実は以前から日塔先生の漫画のファンで、とくに先生の描かれる憎めない男の愛嬌《あいきょう》がたまらなく好きだったので、「イラストは日塔先生にお願いしようと思います」とお話をいただいたときには、躍り上がって喜びました。亮《あきら》さんのようにまじめにこつこつと日々を生き、彼に共感……というか、同情してくださる読者様には、一心《いっしん》は受け入れがたい人間かもしれません。でも、日塔先生に描いていただけたら、彼の憎めない魅力が、読者様にも存分に伝わるだろうと確信できました。

日塔先生、「この男に甘えられたら負ける気しかしない」という愛嬌たっぷりな一心と、悩めるアラフォー男性の魅力にあふれる亮さんを、ありがとうございました！

また、この主題で文庫を書かせてくださった心交社の皆様、とりわけ、このたびも大変ご丁寧なご指導を賜りました担当様に、心より御礼申し上げます。スケジュールの都合でゆっくり進行、加えてコロナ禍の影響もあり、大変ご迷惑をおかけしましたが、常にご丁寧にご対応くださいまして、本当にありがとうございました。

最後に、この本をお手に取ってくださった読者様、いかがでしたでしょうか？　今作は、本当に皆様のご感想が気になります。もしよかったら、ご感想をお聞かせくださいますとうれしいです。よろしくお願い申し上げます。

令和二年十月吉日

夕映月子

初出
「倦怠期は犬も食わない」
「二度目の春も犬は食わない」
書き下ろし

CHOCOLAT
BUNKO

この本を読んでのご意見、ご感想をお寄せ下さい。
作者への手紙もお待ちしております。

あて先
〒171-0014東京都豊島区池袋2-41-6
第一シャンボールビル7階
(株)心交社　ショコラ編集部

倦怠期は犬も食わない

2020年10月25日　第1刷

著　者:夕映月子
発行者:林 高弘
発行所:株式会社　心交社
〒171-0014　東京都豊島区池袋2-41-6
第一シャンボールビル7階
(編集)03-3980-6337 (営業)03-3959-6169
http://www.chocolat_novels.com/
印刷所:図書印刷 株式会社

初恋に堕ちる

先輩の望みを叶えたら、
俺のお願いをきいてくれますか？

美容師の周は出張カットで訪れた病院で高校の先輩、侑一に10年ぶりに再会する。侑一が周を振ったのも趣味で撮り続ける映像も、すべては長期入院中の恋人・紗知のためだった。華やかな外見ではなく、いつも内面を見てくれる侑一に再び想いを募らせていく周。だが紗知への献身的な姿に耐えられず、距離を置こうとしていた矢先「紗知の恋人になってほしい」と理解できないお願いをされ──。

高遠琉加
イラスト・北沢きょう

CHOCOLAT BUNKO

好評発売中！

義弟の好きな人

藍生有

イラスト・花緒ト綸

俺は兄貴が好き。
他の奴になんか絶対に渡さない。

六歳年下の義理の弟・陽輝に恋心を抱き、離れるべく地方局のアナウンサーとなった隆文。だが陽輝の大学進学を機に始まった同居に限界を感じていたある日、同僚との仲を誤解した陽輝に強引にキスされる。格好よく成長し彼女だっているのに、陽輝は真面目が取り柄なだけの隆文をずっと好きだったという。血の繋がりはなくても兄弟で男同士。隆文は想いを隠し拒絶するが「好きでいるのは自由だろ」と陽輝は言い…。